這裏沒有光…

追奇
drechi

二〇〇五年六月

L要離開這座城市之前，我收到他以紙筆寫給我的回信：

去追「奇」，但不要求「怪」。明白事理、有見地，就能奇了。
奇了就不俗了！那便是個性、是風格，可以不同俗流，可以說自己的話。

而往後的十一年裡——
我真的成功地，說出自己的話了嗎？

跨界名人推薦語

把自己生出的陣痛練習。

——作家　沈意卿

所有沉默的文字都是為了積累能夠起身的力量，這些文字像追奇所寫的一樣，「我愛你／又一邊戒慎：哪天若傷了我／我就要將你毀滅」然而最後最有可能毀滅的卻都是自己。而有可能毀滅自己的文字最是吸引人閱讀。

——詩人　宋尚緯

這些年來，其實我時常想起追奇這個學生。想起他當年的模樣，浮光掠影的，想著他現在過的好嗎，一閃而逝的。某些畫面、聲音，像七秒內的微拍，會突然轉動起來，沒有前因後果，卻都是最美的時刻。

追奇是我任教高雄女中第一年的學生，因為不是我的導師班，一開始對他印象並不深，只覺得是安靜的一個學生，待在一旁，做他自己的事。後來在網路上陸續有了一些交集，他會跑到我新聞台上留言，漸漸發現，即使他用了一個我並不熟悉的名字——「追奇」，但還是一下子就可以感覺到，這是個特別的人，總用一種特別的語調在說話，不像是對別人、更像是對自己。更後來才知道原來他是我的學生，有些訝異，那樣的感傷不像是一個十七歲的孩子。往後多了機會聊天，才隱約探覺，那些都與他的家庭有關，讀著他寄來的詩與散文，書寫永遠都是對於自己最好的療傷。

記憶最深的是他有一次在留言版上，留下了羅智成的一首短詩：「你還在我們永不相鄰的／隔壁／寫日記嗎？」一種親密，卻被更大的疏離包圍著，或者說，一種疏離，卻帶來了最直接的親密。我想那是書寫對於追奇的意義、也是文學對於每個人的意義。我知道追奇始終有一個文學夢，現在他打算把這份「日記」公開了，希望苦澀終將轉為甜美，一步步走向有光的所在。

——詩人　陳雋弘

我一直都覺得對有些事情對日常來說，是很重要的，像是要找回赤子之心，要學會在必然的苦難中與自己的影子跳舞，要在荒蕪的夜空裡面閉上眼睛仍然能看見星星，要躺在自己的床上能夠馬上，迅速，極快的睡著。要不再被惡夢驚醒。要可以結婚。更可能的，是有能力畫好一張可以逃生的地圖。

地圖對啟程這件事情是重要的，另外，必須在自己的小背包裡裝滿求生必需用品：水、乾糧、巧克力和無線基地台跟手機。最美好的是一台電腦。在備忘錄上寫道：「要記住，不要用我們用一個歧視來換另一個歧視，也不要用前所未有的疼痛來抵銷之前的疼痛。」，然後你就可以啟程。你就可以出門了。

追奇的這本書或許可以提醒一件事情，即：苦難是無可避免的，你可以先躺下來。躺夠了，儲備了夠多的力量，你再決定要不要站起來。

你再決定要不要背著苦難，一起離開。

——詩人　潘柏霖

你的人生，追過什麼嗎？又或者，你還記得自己在意什麼嗎？追奇在這本書裡，想表達的，不只是這裡沒有光，更多的是「沒有一個完整的人」。然而，誰又是完整的呢？

不完整，都是因為活著本身，就是反覆的受傷、失去；即使知道，悲觀就是現實，可是你還是想相信。

相信一切並沒有那麼糟糕，相信某些錯誤可以被寬恕，相信曾經的問題終獲解答，相信你會有你的自由。

諸如此類的相信。不停追趕他人的相信，卻不敢對自己更相信一點。這些，都構成了你的不完整。

後來你慢慢懂了，生活不但傷心，更是山重水複。甚至你不知道，走在什麼樣的路上。不過這本書告訴你：在每個選擇的當下，追奇也不知道。

但是追奇願意想盡辦法，弄懂不明白的事情。哪怕過程充滿痛苦和質疑，也要得到一個結果，擁有自己的一部分。

那是一種真實，就算感到孤獨也能從容。如同追奇透過文字在訴說：我坦然，我想成為這樣的存在。

你能不能，我不知道，畢竟誰都無法真正為誰下決定。那，你敢不敢。

我能做的，只有祝福你，在看完之後。讓時間沉澱你，面對生活，去笑，去哭，去開始，去結束。

去愛你自己。

——詩人　楚影

「只想做隻蝴蝶，倘若
能是隻蝴蝶多好
一輩子只為羽化而活
沒有其他結尾
其他條路其他種絢爛的方式
對照我的茫然
與一塌糊塗」——〈請幫我成為我〉

有如被默許翻開一本秘密手帳，也可能因為我近兩年多寫短詩，用筆抄寫的機會多了，習慣悲喜交集，習慣拼湊，習慣不問形式的吐露心事。閱讀追奇零星的日記和詩文，油然生起一些逝去的悵然，時光很長，她卻長話短說，跳到下一個段落，卻讓我不期然代入景物和季節的小劇場。如果愛的幻滅讓青春變得老成，更不用別人去分辨當中的晦澀了，因為她早就把晦澀的地方轉為看似輕鬆的獨白（輕鬆不一定惹笑，惹哭也可以），一個人靜靜地演練就好。

不過，面對一個作者的首部作品，我還是比較喜歡自剖式的，用絕對的，會或不會，想或不想的口吻來寫的詩，比如〈我想當個女孩〉、〈不願成為更好的人——寫給政大四年〉、〈請幫我成為我〉、〈吹泡泡〉，慷慨的情調，暗藏著她的冷眼自若。如果說，有些人尋找安全感的方式是做夢，她像是挖地雷，向自我，各種相背與相迎的關係，向社會與生命疏離的縫隙裡挖掘。如果你願意，看她一顆接一顆的挖，或自行引爆，那些生活中，各種時光與夢的地雷。

——澳門詩人、書法家　邢悅

我已經百分百的確定，人類進入了一個新的時代，這是繼工業革命、大航海時代，之後的改變人類命運的時代——網路時代，每當人類在科技飛騰的時代裡，總是衝刺的特別生猛，當人類再往前急奔的時候，很容易遺忘生活，工業革命，大航海，帶來了人類前所未有的高潮，也帶來了一、二次世界大戰，在這網路時代，甚至到了決定政治走向的程度，人與人以從未有過的密度進行溝通，然後也讓我們體驗到了絕對的孤寂。

這樣的孤寂來自於，當你熱絡地在 Line 或 FaceBook 甚至微博與人聊完天後，當你還沈浸在交流的愉悅之中的時候，回頭一望，空無一人的寂寥而伴隨而來的孤寂，如此巨大的衝擊可以在一秒之內產生，像是墨滴滴入一杯水中，逐漸而緩慢但又確實的暈染開了，而你在錯愕之中獨自一人上床睡去，在夢中思索什麼是人生。

追奇這本書對我而言，就像是時代大海中的孤島，她書寫著屬於自身的歷史，我們航行於名為人生的海洋中，有些人到達了一些島嶼，吃了島上的食物，理解島上的歷史，對他們產生了某些意義，然後再繼續航行，是那樣的偶然，交錯，與充滿詩意。

無論如何，在這個時代裡，能夠保持這麼文青的傳統，就十分令人羨慕了。

——藝術家　羅展鵬

二〇一六年十一月
十一年未曾再見，L隔著螢幕
在同一片天空下、相異的城市中，再一次對我寫道：

妳寫的我都看了
我也喜歡詩，很久沒有讀完一首詩
謝謝了

如果可以
我想默默地祝福

默默地才好
送妳　離開

戲裡都有演的

說不準是一半多一點還少一點
開心，就像是女兒出嫁

剩下的不算開心的，理由一樣

如果可以
先不要寫那麼好就好了
就還可以再要妳聽很多很多聲音、看很多很多形狀，說是在覺察裡面蒐集材料
妳會興致高昂，像是在看表演魔法

寧可
妳的眼前沒有黑暗，不太識得愁苦滋味
那些那麼細微有力的吶喊，還有筆端明見的深度
都不過是作家書寫的樂趣所在
真實、必要
但都是遊戲

如果
美麗的筆觸也是戀人
她要能陪妳哭、要能讓妳笑
不會再說「笑完，一切都不會變好」
要能聽到這樣說：「會傷心的呀，也有煩惱，但是不會被它困住的。」

「怎麼這樣？」
沒辦法呀，就是要這樣

我也只能夠從字裡行間辨識妳現在的容貌啊

如果是記憶中十三歲的小女孩演出
那麼，一點點不甘不願、一點點歡喜、當然還要帶著一點點撒嬌
就是這樣子的了，我想
就是這樣
就是這樣

然後就這樣，小孩還是長大了
現在
已經很有自己的見地
說著自己的話

L，謝謝你了
藏匿我黑暗的洞窟
帶領我前行的火炬

都是你給的

包括追奇
包括，讓我成為追奇
讓我可以是
我自己

——謹以本作品，獻給我生命中的蘇格拉底

這裡沒有光
目次

詩

這裡沒有光

文 那些我們不能再要的

詩

這裡沒有光

一行一段
每塊字　都是生不了火的黑炭

有記憶以來

有記憶以來，我常一個人
蹲在樓梯轉角處
透過小小的窗孔
看爸媽
互相拉扯對方的傷
扯下來，往地上丟，再踩
像一文不值的垃圾

有記憶以來，爸爸
不總是在家
除了上學送我、下課接我
買熱騰騰的便當
叫我吃飽些
我記不得爸笑起來的模樣
他的頭髮他的鬍碴
生長——和凌亂的速度
每次見面
都超乎我的想像

有記憶以來
我房間的牆上，只有一張照片
媽媽從後方擁著我
年輕又甜，一個贏得愛情的女子
一個因為愛情而誕生的寶貝
有記憶以來
現實跟照片
存在著叫人難堪的落差

有記憶以來，這個夏天是最漫長的夏天

書房的冷氣壞了好久
我靜靜地在連絡簿簽上家長的名字
預習明天。
同時聽見房外的人
推讓責任而不相上下
為了一台冷氣，為了一張
死如槁灰的契約

遇見我的時候
是你人生最失敗的時期

交往的時間不長
相愛的時間，卻千迴百轉
（養成年輪幾圈無法細數）
我們守護的木
在森林裡奉為活的紀念

早該死去的，還相信仍有靈魂
是糾纏的通病

直到離開那座雨城
在分道揚鑣，各自
都有了新的生活以後
我過得很糟——我發現
真正毀掉我的不是那戶無窗的房間
不是黑夜、惡夢
厭倦至極的台北的雨天

而是你沒有再愛人，卻過分快樂
我有新的愛人
但總是一個人

這就是新的戀情嗎？
跌倒後再爬起，真的能去到想去的地方？
有時夜半，我會這樣問自己
想起你的脾氣
我的脾氣
想起我們以前如何虐待初老的青春
那個明明犯錯又不忍低頭的
少男少女，那個用吻和擁抱
就可以解決所有問題的時空

然後完全沒有後悔

原來我不一樣了
你知不知道
我可以一個人過日子
不會再因為養死一株盆栽
而深感抱歉

我可以真正做好一個人了

後來也是，真的真的一個人了

少了吆喝少了推撞
現在我終能安靜面對失敗的戀情
你的四年他的一年
我的自命清高，你們的
不珍惜。是對也好是錯也罷
彼此不再喜歡
就是最和諧的結局

對不起
沒關係
謝謝你

我想當個女孩

當城市陷入睡眠
所有冷言冷語都結成冰塊
暫放原地，不再傷人
我知道
這是我每天僅存的
安全的縫隙

縫隙雖小，卻可以讓我
吸到一些氧氣
微薄的氧氣，我無法奢求更多
只要感到安全
和刀子，一起共存於抽屜
讓它在腕上作畫
流出抗議的鮮血
我就可以感到安全
非常安全

我的房間裡沒有任何一面鏡
我不需要，也厭惡
它死板的對稱
總讓靈魂和器官
絕望地走散

可是我愛美
不輸給任何人
（除了世界——以及那個寧願我死的母親）
我是最漂亮的女孩
喜歡滿櫃洋裝、粉嫩唇膏
翹度疏密皆恰到好處的
睫毛。我的眼神直斷又單純
怎麼會
沒有人看見

也許這座城市真的
不適合我，這麼一條將幸福建立在他人痛苦上的性命
永遠學不會

他們所說的教育，誰都教不了我
克服浴廁時必要的碰觸
與日益成形的槍枝
生在我身上
叫做正常

請相信我真的不是故意
想，當個女孩

我會安靜去愛
不打擾地愛著自己真正愛著的人

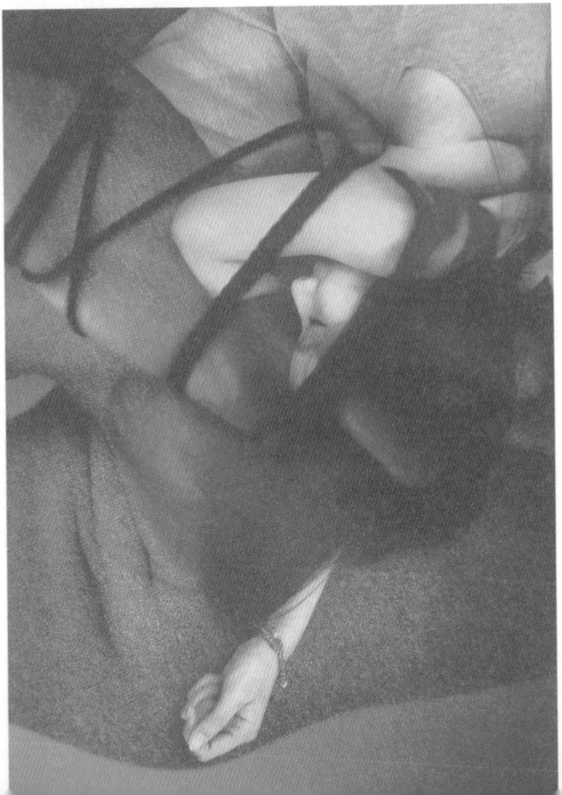

天堂的孤兒——記鄭捷之死

一、

傳說靈魂送到母親身體
以前，都先經過了洗滌
記憶掏得乾淨

他必須不知道什麼是樹
什麼是風
不曉得水能滅火
也不知道何謂
東昇西落

他不能懂得如何愛人
當然，也不該明白
為什麼會有怨恨
他理應是團初成的紙糊等待乾燥
也許聰慧、也許髒污
除了無知
他沒有任何力量

二、

第一個認識的地方是
家。

這裡有床
有車，有能夠躲避危險的泥牆
有人天天說愛他
擁他入睡
喚他的名，像是遊戲
握握他的小手
輕吻他的額頭
說他眼底裡
都是星星

第二個熟悉的地方是
學校。

這裡有師長同學，有朋友
有他相信一輩子
都會玩在一起的伴
書本裡的知識
書本外的快樂
他在藍天底下穿著制服奔跑
遠遠地就看見
榮譽的校徽在他胸前發光

第三個沉浸的地方是
網際。

這裡有文，有字
以及不被相信是文字的
他所愛的文字
靜靜在故事裡取暖
一個人取暖
日記裡呼救
一個人呼救

一個人，寫下了後來
扭曲的傷心
在家，在學校
在每一個他始終記得乖巧守規的角落
死去的證明

一個人死去

三、

如是匆匆幾年
母親生產後癒合的裂縫
轉向裂開在他的心臟
新的副本從裡面生出
慢慢吃掉
不想再活的自己
而活了下來

他繼續笑著，模範地笑著
但比起從前
吃力許多
包括引起注意的方式
也已經漸弱到
覺得沒有必要

有時他會問
「我能去喜歡某一樣事物嗎」
例如寫字，例如創造一個
得以盡情被愛的宇宙
例如唆使，例如決定小說裡頭
如何進行一場詭譎的殺戮
以安慰自己自由

「我能嗎」
當天他離開了學校
帶著刀子
消失在開往江子翠的捷運列車上

四、

新聞播報：
「快訊／
台北捷運剛才發生了首起致命的
隨機殺人案——」

是他。
他做到了

這個年輕而壓抑的靈魂
在一手弄污的二十八人血泊中
找到生命歪斜的意義
那麼多存在如不在的日子
當刻就要結束
——「他是撒旦！是魔鬼！是發了瘋的精神病患！」

不管他是誰
不管他曾遭受多少蔑視與冷漠

一聲槍響後
多歡聲，多雷動

多快樂

因為這次
這次終於不再是
不再是
一個人死去了

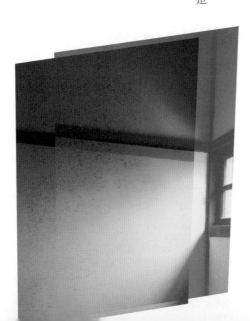

需要

我需要一顆止痛藥
讓我正常出勤
需要一杯咖啡
切割惺忪的早晨

我需要雨
掩飾我遲到的苦衷
還希望有個愛人
並肩走路，替我注意
後方來車
偶爾餵食我
把我拉進他的肩窩
使我看起來
看起來完全不寂寞

我還需要一個座位
可以安心地睡
一個座位，無須
出示證明或收據
表達我耗弱的精神
連續失眠的夜晚

承認今天失去了
誰，又和誰分道揚鑣

我有多少秘密
是不是跟書包一樣沉重
為什麼不敢抬頭
要不要懷疑我
或者帶我去看病
直到痊癒

我好需要一個座位
即使它必須
用社會的耳光來付費

領養 代替購買

一起生活過的貓
已經認不得妳的氣味

妳讓牠幸福過
也讓我幸福過
直到另一個人
買走妳的快樂

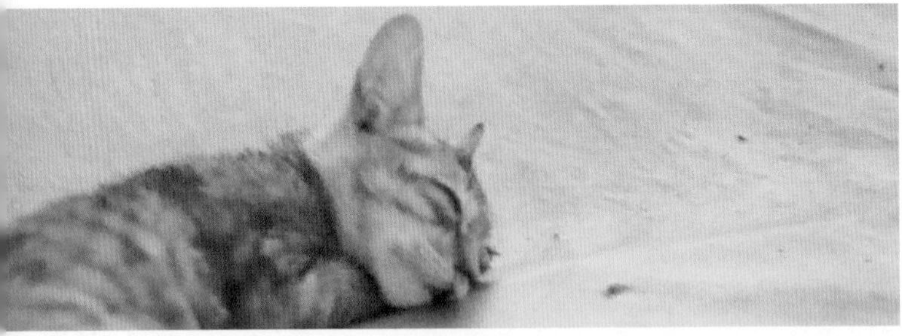

世界成了櫥窗
我們的愛情在裡頭
再沒有人願意領走

身分

盡在一支緩慢燃燒的火柴上
無論是太黑的夜
不夠黑的黃昏
過曝的正午
或，微光的清晨
每個人都只看得見
火

柴身在燒，被燒
不敢哭泣
它的一輩子
為人待命但不被在乎
燒也好，不燒也好
反正都不好

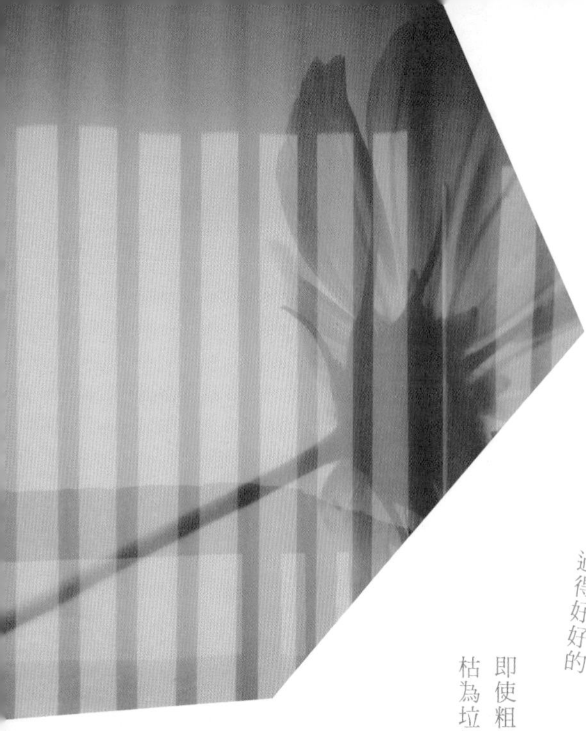

其實它不知道
火沒了柴，就無法成火
柴燒盡了，火也熄滅
柴忍著什麼呢
它可以自己一個人

過得好好的
即使粗糙黯然
枯為垃圾

一千種恐懼

I'm gonna swing from the chandelier, from the chandelier
I'm gonna live like tomorrow doesn't exist
Like it doesn't exist

——Sia〈Chandelier〉

愛情面前總是自以為是
說出口的建言
比經歷多出太多
所以也就
習慣掌舵別人的船
不知不覺
海水淹到自己腳踝

成為大人以前
沒遇過那樣的恐懼
曾經的信誓旦旦
正義耿直，怎麼走
才可以走到最痛斥的地獄
才可以自然而然
成為自己最不想成為的人

你來回波盪的時候
很痛苦吧

在水晶燈底下吊轉
抓著的到底是什麼

每一次離地面極近的剎那
想到的又是什麼

今天如果能夠保持良善
請先瞭解何謂良善
我接過你手中的線
才曉得

酒精與菸癮
逃避與僥倖

這個世界上有那麼多必須要選擇的壞
那麼多的壞

讓人活得平安

不願成為更好的人——寫給政大四年

那天也是九月
收集完高速鐵路上的流景
一路從豔陽
坐到雨天

公車轉捷運，再轉公車
繞過動物園
行經矮舊的屋房
這個沒有大樓華廈的老宅區
我提著簡單的行李
不是第一次離家那麼遠
卻是第一次
遠離家

入住山上的宿舍
新的面孔，彼此打過照面
我們各自收拾制服下的青春傲骨
藏進暗櫃——
重新學習
怎樣與眾人平等
怎樣推翻昨天的期待
粉碎幻想
以貼近現實

後來也是九月
都是九月
離開四維堂
出入道藩樓，再往下
捲進綜院的迷宮
呼吸總圖的空氣
——到底記得了什麼？

我們早就沒有書包
其實也不再介意
知識、分數、出席
和其餘那些不足列載的
沒用的東西

我們反而介意
這些日子愛過多少個人
又真心愛了幾個
我們介意
操場頂上的星夜
多久一次能逃離光害
那隻側門前的貓
有沒有得到食糧
而這座城市，是不是
總用光鮮亮麗的包裝在誘騙
善良的小孩

四年活過兩次世界末日
木柵的陰晴不定
仍舊持續
一如從未中斷過的心事
在春天任性，夏天窒息
秋天搓擦，冬天瀕亡
未殆
知道不好好講出來就不會好
也知道即使好好講出來

還是失敗

所以到底
要用幾杯馬丁尼
才能求一個坦承
貓空纜車裡的年輕戀人
可不可以再相互靠近
多少次我們忽略上課鐘聲而在
楓香步道上追逐
我的背影你的笑顏
一同落在潮濕的地面化作自然

我們何止平凡

我們擁有的那麼少
我們的美好
多麼微不足道
我們被稱作成功的人
卻一點也不嚮往成功的人生

我們一個個
都不願成為更好的人

颱風眼

秋天已經悄悄
悄悄來到
這座我獨自留守的島上
提醒著：它曾經被愛
曾經，負責裝載所有浪漫
卻也因為你我
變為報復的季節

我看見路邊的溝渠
牆草
盆栽
窪地，正委屈吞忍積雲的
滿床苦水
我看見烏黑一片歇斯底里
夾帶怒風、雷電
將懲罰擊向人間

是要懲罰誰呢
懲罰那些因為微不足道的小事
而忘記約定的人嗎
你躲開了嗎
躲得夠遠嗎？夠安全嗎？

一年一回，我叫秋颱
切記要衝著我而來
是我讓那年之後的秋天
變得醜陋
是我不敢再看
城市裡的雨景

那麼濕黏，那麼酸楚
斜斜地切割著一起踩過的平原

讓
公路成斷垣
旅宿成殘壁
夜晚無法再回到風平浪靜
我們無法再回到
相擁的火車站前
好好地
起點之前，終點之後
再吻一遍

螢

牽手走過山中的密夜
收起燈筒，把方向留給
滿谷的螢火蟲

看它們微小但堅毅的光
散發著愛——與警示的信號
像人類
一邊告訴親愛的對方
我愛你
又一邊戒慎：哪天若傷了我
我就要將你毀滅

留下一片羽毛

方對到眼神
擁抱尚冷
唇角餘溫還在
你就要離開

像候鳥初識南方的冬天
初識愛，交換了溫暖
卻仍背過身來
留下一片羽毛
說天涯
有彩雲要追
有孤風在喚

說流浪
只是個偌大的圓圈
每回終點
都在預約著遙遠的起點
每次出發，都是為了
去與下一次的我們會面

再見——再見

你會再來
何時再來？
能否提前或者
能否順延？

北方的美景慢慢蓋過我的眼淚
我開始習慣
承諾背後盡是道別
你不在這裡

你的羽毛
比起信物
更像交代的遺物

燭火——致敘利亞孩童

當年她五歲
喜歡高坐父親的雙肩
咬一口草莓派
小小的手指沾黏糖粉
抹歪在自己的唇邊
咧嘴笑喊——我是世界上
最尊貴的公主

她夢想生日時
有一座三層蛋糕
一雙玻璃鞋
一只不怕黑的娃娃
她夢想在燈滅之後
會有驚喜和歌聲
為她的三月祝福

——她還希望，可以
在樂曲結尾的同時
親自對著蠟燭上的微光
許下浪漫願望
她想，吹熄過去
以澄澈如湖水的雙眸
認識新一年的國度

「祝妳生日快樂！
祝妳生日
快樂，祝妳生日快樂
——祝妳
生
，」

天搖地動

月季碎落

她在飛舞的花中闔上眼睛
果然親愛的老天才給得起
最大的驚喜。

一切都不同預想
母親的摟抱是曲子的末調
單支微弱的燭火擴為城鎮滿窟的赤焰
怎樣也吹不斷

吹不斷的火
許不完的願

那一刻
她的六歲已來臨

我在無人的車廂上
自慰

失戀的第三百天
天天只吃一粒饅頭
白色的，最純粹的那種
想像自己回到
無恙無染的狀態
只知道愛情
不懂得做愛
只嚐過唇的味道
沒想過舌瓣交纏
也能開出一朵
食人花

失戀的第三百天
天天不厭其煩地喝下
廉價咖啡，最黑的
最苦澀無味的那種
好讓自己以為
睡不著都是它不對
跟你無關，也跟我
無關
跟愛情無關
但跟那群幸福的人有關

失戀的第三百天
我在無人的車廂上自慰
當作預習、練習
或是毫無尊嚴的複習
沒有對手
我的槍仍得學會上膛
沒有觀眾
我也要勇敢說話
勇敢顯露我的哀傷
我的哀傷
實心的眼淚
廢棄的彈匣

吹泡泡

木柵行至淡水
千里迢迢，也不知道為什麼
要到這裡來

也許是因為這裡的春夜
有些微涼，也許
比起熟悉的地方
我們在這裡
會因為陌生而靠近

老街的前端
妳走得慢，悠哉地
買一盒炸魷魚、一杯西瓜汁
笑問我：這麼容易醉
怎麼硬是要
買一罐啤酒逞強

後來我也沒喝
只是一起和妳
坐在岸邊
看妳朝無邊際的水面
吹出泡泡——夢而易破的泡泡
看遠方橫渡的船隻
搖曳孤單黑影，回應我心裡面
沒說出的呢喃

妳想聽實話嗎
如果我正準備力行
成為坦率的人
妳，會願意聽我
把話說完嗎

幾秒的生命
泡泡知道，再過去
就是世界末日

我卻沒有它聰明
我很貪心，想活下來
想飄去那個危險的領域
冀望一點點
安全降落的機會

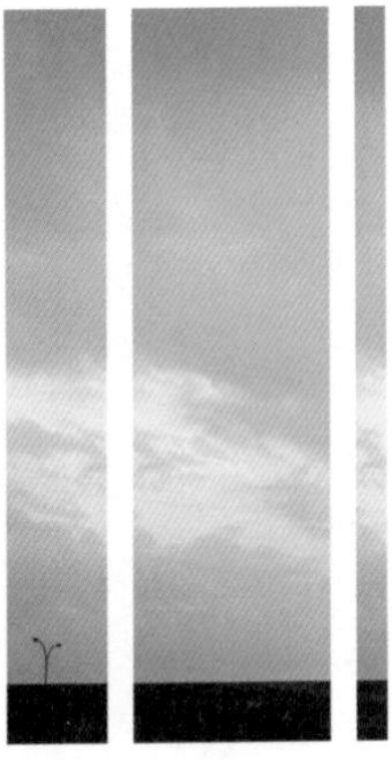

拾遺

老伴
有姑娘跟我說
今個兒的月亮
特別、特別圓
可惜我不便下床行走
房間的窗也就離我遙遠
你若有閒，可替我去看看
那究竟多美

老伴，這陣子真勞煩你了
照顧咱們的女兒，和她肚子裡的孩子
切記蔬菜要洗得仔細些
量杯裝米，米配水的比例也要算對
否則濕濕糊糊的
寶貝可就不愛吃了

老伴啊
怎麼感覺，你已經有段時日
沒來給我看看了
怕你記性不好走錯條路
這是哪裡來著？我寫地址給你捎去
好讓你在那麼大棟的房子裡
找我更容易些

老伴、老伴
最近變得有點難睡
這裡夜晚太安靜，我想念孩子們吵吵鬧鬧
大聲嚷嚷
給我背著、拎著、抱著
看他們小小的手緊握玩具不放
一起睡著。

老伴
哪天帶他們來看看我吧
我不缺什麼的，什麼都不缺啊
人來就好
人來就好

來幫我討個公道作個鐵證
告訴那固定給我送飯來的姑娘

我一點兒也不糊塗

我沒有忘記
沒有老去
我有一個家生在這片土地
你們全部的人，都有漂亮的名字
我沒有忘記
誰
都沒有死去

十三年有多長——寫給蘇打綠

十七歲午夜
我看見你像一隻飛魚躍離憂鬱的海面
溼漉漉的身軀，映著
頂上天光
金黃揉進蔚藍
有傷口在這之間
慢慢癒合
恍悟「年輕」
本就是一百次的沉沒
和一次復活

尚未認識你之前
背著你，做了許多偉大但空泛的事
以為正確也以為
從此就能貼近未來，安然無恙
成為一個負責的好人
於掌聲中度過（結束）一生
不會像這天，這個真實的今天
為了一地碎屑而專心寫下什麼
徒勞無功

所以有時覺得
認識你，等於離開了那個
我不需要的完美
離開永遠向善的世界：所有愛人和動物
只能待在亮處
相愛及割離的世界
歡樂交響、夢裡不允許悲傷
最後活得辛苦

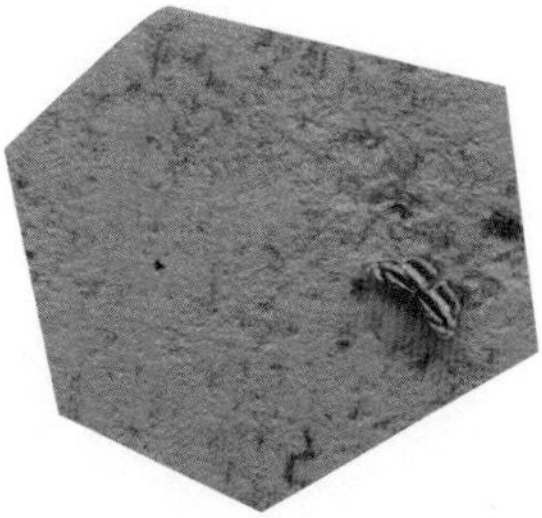

「何必呢」

每次聽見你唱歌，我就會
再遇見心底的自己
一次，更深刻而明朗的一次
去洞悉人的命運中那弱不禁風的妥協
記述我們如何
拿出微少的勇氣與之抗衡

回到頑強，回到小時候
寧可在所愛的荊棘裡跌傷
也不要一帆風順地
迷惘下去

十三年了啊
是你讓我敢於好奇
那佈滿警語、為人禁止的
地平線後面
藏著什麼風景
（是誠實、是自由、是被拋棄的大夢）
我好奇，為什麼大多數的人
努力生活卻像在逃亡
為什麼逃亡
又是逃去另一個綑綁自己的地方

為什麼被綑綁，又好似得意洋洋
——告訴下個世代
看啊孩子！成功就是這個模樣

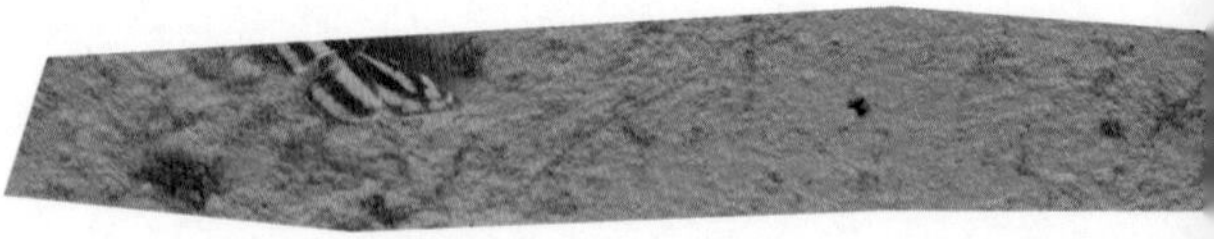

給我最親愛的你
其實你已經回答。所以

儘管年歲銳減了膽量
擇善固執的心，難免使不上力氣
我仍然記掛著
那個夜晚雨中的操場
是你開啟我第一個舞步，第一圈
放肆而快樂的旋轉

前所未有
且持續至今的自由
我還在跳著

跳著，就算雲雨不停
就算遍體鱗傷
我會跟你，一起跳著
想像陰霾將遠
寂寞將至
我們在彼此喜歡的寂寞裡永遠不想歇息

請幫我成為我

「來生還想當人」
那是留給，有志向的人去說的
他們知道自己
可以不同
在交錯的樹蔭之間
獨立出自己的身形
輕而易舉，分明且自顯
讓人好以辨識
他是誰

所以我不想當人
不想在白紙上填空，如果
模仿就是作弊
抄襲應該自卑
聽話的小孩——都沒有人生
那我該寫下什麼
答案，才可以
讓全世界滿意

事實上我總是得不到任何人的滿意
即使讀遍勵志的書
成天背誦：樂觀、積極、不要放棄
和他們一樣大聲地喊話
「嘿！你要聽聽自己的聲音」
我還是聽不見
什麼也聽
不見

只想做隻蝴蝶，倘若
能是隻蝴蝶多好
一輩子只為羽化而活
沒有其他結尾
其他條路其他種絢爛的方式
對照我的茫然
與一場糊塗

多好
不生為人，我便不用
再承受良莠不齊所帶來的
相對責難
（所有的應該與不該，你想像不完——）
我要自己是枚刻好的印章
篤定壓蓋紙面，之後

「我不像我」
「是不是我」
「有沒有好好地成為我」
這些問題，終於都得以
正當地
無能為力了

美美

隔壁的美美
看上去和我，不太相像
她懂很多我不懂的事情
也好像看過
我沒看過的物品
——例如英文，也例如汽車

例如她常指著自身說：
「這件洋裝是我爸爸從日本買回來的喔」
頸間的圍巾
則是「媽媽親手織給我的禮物」
美美就是這樣
每一天，穿得漂漂亮亮
去學校之前會跟我

說再見

我曾問過奶奶
「日本」在哪裡？
我能不能也有
一條暖暖的布（什麼樣的都好）
繞在脖子上。像美美或者
像其他小女孩一樣
——請告訴我何處可以找到這些寶藏？

奶奶說不行
因為日本啊，在好遠好遠的地方
和學校相同，都需要
很厲害的人才去得了

但是沒有關係
奶奶說，只要我乖乖地
每天幫忙賣出二十杯豆漿
她會親手織給我
全世界、全世界最美的圍巾
在明年冬天

太好了
我就知道奶奶
對我最好

如此一來
我便覺得自己
和美美一樣
都有，開心的事
甚至我可以分享更多
——好比今天下午的川邊
有魚在跳
門前的那棵老榕樹
又悄悄告訴我社區年老的傳說

好比我的爸爸媽媽
也去了很遠的地方
只是不知道何時
會禮物滿載
擁我入懷

那個女人

"I'm with someone else now. You know that."
"But I have an infinite tenderness for you. I always will. My whole life."

——〈Blue is the warmest color〉, 2013

一直渴望愛情
睡前，想要有個人
說晚安

不停寫著日記
塗塗改改
拿筆鑽一個黑洞
把自己放在裡面

等待
無頭緒地等待
誰都好，跟我告白
讓我咀嚼唇的味道像口香糖一般
療癒但無法嚥下

帶上床
來場交換肉身的典禮
趁我還清醒
問問我的想法：
滿意嗎？滿意吧
或者根本是我的身體患了病

真對不起——
只能離開你了
雖然不希望這樣但又能怎樣
你看看對街
看對街穿著牛仔夾克的那個女人
我忽然感覺，她才可以
把我給徹底治好

用女人的心臟
復活我的感官
用女人的身體，來愛女人
來愛我。並讓我有所回應
回應如奮力綻放直到死亡也無畏的煙火
快樂而竭盡

相信永遠、永遠不會失足
在某天摔得粉身碎骨

畢竟是她啊！

是她賦予我新的靈魂
享受在懸崖前衝刺那種快活
是她指引我通往幸福的唯一路徑
（瓜分一半的氧氣、住進她的世界）
教會我人在太過幸福的時候
會笑出聲，也可能
哭出不明的眼淚
慢慢退回孤獨

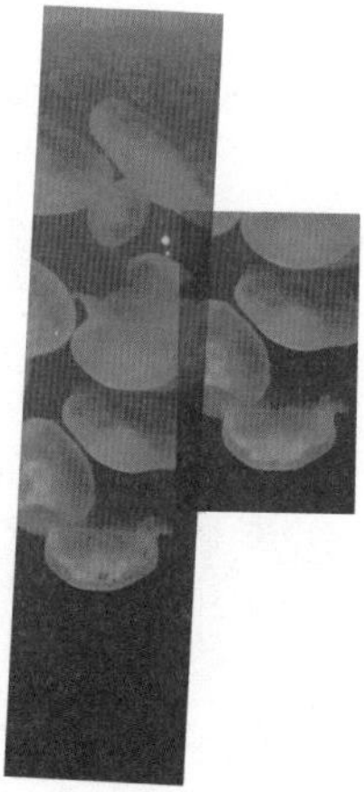

盲目親吻
忠誠終生

然後在犯錯之後得到一輩子沒有名分卻實質相愛的溫柔

文

那些我們不能再要的

「都是我們最想要的。」

當晦澀

變得明朗

親愛的左手：

記得十年前，我是這麼稱呼你的。

當時我們喜歡晦澀，用一個全世界都不理解的代號，去定義一個人。我們組裝密語，享受獨一無二的小聰明，還有一邊期待又一邊害怕被拆解的砰砰然慌張。中文、英文、數字，或短或長，我們喜歡只有自己知道的特別。而似乎透過這個方式，就能牢牢地將對方鎖在筆鋒上，跟著每日每夜無盡無救的想念，一同落在孤單的紙面。

親愛的左手，你給我的一串密碼，代表我的密碼，我至今仍留著。那行最初用粉筆劃在課桌上的數字，桃紅色的痕跡，並沒有被擦去。是我的寶藏。

去年無名小站宣佈關閉，好多人的青春一起塵封進黑洞裡。你也知道這消息，在關

閉之前，我們偶然在網路上有了久違的交集，發現原來各自都本著難改的念舊個性，去網誌回顧了一同成長的花園。我說當年你鎖起來的、寫給我的文章，我還是進得去，所以又讀了一遍。你口吻竊喜地回：「當然啊！還要把這些全都備份起來呢！」我笑了。想起自己也曾經是個認真的園丁，在明艷簇擁的園地裡，雖數不清有幾朵花是為了你種下，但十分確定，那時幾乎用盡了青春最大的氣力，奮不顧身、罔顧一切、不求成果地灌溉。每天都有說不完的關於你的事，每天都細心敏感得令人懷疑——脆弱的心，怎麼會有那麼堅定的勇氣，耐著寂寞、距離、惱人的蒜皮小事，去愛一個人——明明我們那麼遙遠啊。

給曾經最愛的左手，很想問問，那時你寫的文字、我寫的文字，難道真的都有進到彼此心裡嗎？我真的知道你要什麼，或是你希望的「我們」是什麼樣子嗎？愛好晦澀的年紀，渴望被瞭解卻又不想坦率，這樣焦躁自困的固執，讓你與我都惹來了漫長煎熬。同時，也讓我感到懊悔。若當年青澀的我們並沒有成為戀人，會否今日仍是無話不說的知己？當年相互告白之後，礙於各種難以解釋的害臊、羞赧，我們竟不交談了。兩年，還有那空窗後又延續的一年，我們面對面的真實對話、體膚接觸，少至不堪計量；即使是在同間教室、同個城市、同片天空下，牽繫你我的，居然剩下滿坑滿谷的紙條、信、卡片及簡訊，再無其他。我們相愛，但總是看不見彼此的情表；儘管文字美麗又具備形體，但更多時候，我會因為這段需要仰賴不停歇的解讀，才能靠近、依偎的戀情，感到可悲又可惜。

我們太愛晦澀了。兩顆年輕的心，深深受到這無以名狀的魅力影響，使得時光和笑和眼淚，非得都要蒙上一層薄紗，自覺更添氣氛。十年流過，即便我仍可以在異鄉街頭上認出你的面孔，但其實早就不明白你了。我毫無自信、毫無把握，攸關你待人探挖的內心、你藏在角落鎖死的盒子，無論什麼時候，我覺得自己一點能力都沒有——而這樣的我——居然是一個你真心愛過的人？多麼荒唐呢。給我曾經最愛的你啊，如果有機會，好想知道現在的你過得好不好，實實在在、確切的那種知道：音樂、生活，或者新的感情等等，你都還堅持嗎？也想知道，在佈滿困惑的青春暮後，你可曾像我一樣，嘗試理解過那一個，總是希望得到答案、解釋、分享，以貼近你靈魂的，小小的我嗎？

十年後的夏天，我收到你的信。熟悉的字跡落在質樸內斂的牛皮信封外，裡面裝著一張精緻的邀請卡：你的個人鋼琴演奏會。我小心翼翼將它拿出、舉高，擺在房間的白牆前，看上好一陣子，並用指腹緩緩摸過印刷於卡上的，你的臉。恭喜你啊，恭喜你。你終於完成了一件在你生命中非常重要的事。而我亦不自覺剎那想起，第一次看你彈琴的時候，自己在台下哭得一塌糊塗，嚇傻了一票人。但那都是因為我明白啊。音樂之於你而言，永遠就像海水之於魚。你專注，且擁有渾然天成的氣質；你的一輩子，都適合去創造獨特的方式，演繹心所愛的曲子。你值得一切總和天賦與努力後的成果。你一直一直，這麼前進著。

謝謝你。

縱使沒能北上一趟參與你寶貴的演出，我仍有好好收著這封信。每看它一次，我就覺得，過去圍繞著彼此的烏雲，正逐漸散開。你不再突然消失了，我也不再固執於一個句號，自虐般等待。那個為了你蹺課、坐著公車環繞整個市區、走逛每間你所愛的店，然後默默傷心的我，也長大了。火車站前一身匆匆逃走的背影，無數次難以割忘的六月——我皆無須害怕。我們終於可以好好說點什麼了。

就要二十五歲，你會遵守十年前的約定，來見我嗎？或者，我們其實還有好多個十年可以消磨。走到今天，寫到這裡，真覺得世界之大，遠遠超乎當時我們所想。面對說不完的傻事、度不完的年輕、傷不完的傷，都會慢慢習慣的吧。親愛的左手，你就是我左邊掌心上最大的遺憾。但是沒有關係，我們可以自今而後，把晦澀留在過去、把窗打開，允准洞悉灰暗的明朗流淌進來。是的，神秘之餘，別再忘了給他人機會，透視自己。

我們都將有新的人。

我們都有新的人。

我們隱晦的秘密，在今天、在往後，在每一個相信人心的日子裡，都有溫柔的光亮將之瓦解。

剛好

我們只是剛好愛上了同一個人。剛好的事，不存在原諒與被原諒：我不能原諒你，並非因為我不想，而是我無法。你不必接受我的原諒，並非緣自你做不到，而是你不具理由。若要談原諒，先原諒自己，原諒愛本就是一地土壤，在同處接受雨水的芽根，要如何只選擇其一見光。

讓卑微勝利

等到我們因為那不值得的尊嚴而失去更多時，方能明白，沒有誰可以真正以人類歌頌的方式，完整經歷一場愛的演化。你要認真愛人，就得愛裡不是人。

什麼都沒有

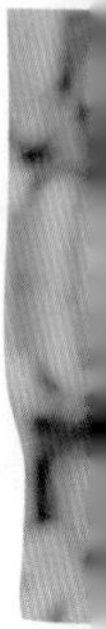

出生時就是隻怪獸，要怎麼接近人界？

／九十年一月二號　星期二

躺臥下來，母親輕輕撫摸我的眉，像世上最柔軟的梳子不斷順過，一遍遍一遍遍，告訴我這是最美的形狀，天生的、自然的。而幾乎每次，在我將頭髮全盤束起、露出飽滿天庭的時候，她會展現得如初次見到一般，不斷驚艷著：「寶貝，妳真的好漂亮。」

我真的好漂亮。

可是似乎哪裡出錯了。

今天才被重新教育，漂亮的定義，並非我從小至今相信的那樣。他們說的。母親對我進行的，原來是場長年的言語催眠，而我多麼天真愚蠢，竟會相信這番由母愛所發的，瞎了的謊話。

／九十五年一月六號　星期五

有時候我會埋怨，為什麼人眼不能直視內心。快要畢業了，一個朋友都沒交到，我感覺自己像條鱷魚，活在水陸交界處，無論哪裡都有我的敵人。難道鱷魚就無法善良嗎？難道只有純白的綿羊、七彩的色鳥，才有被愛的可能？

天天都有人在課堂上傳紙條，圍繞著我傳，卻不曾經過我；同學們帶餅乾來吃，喝同家的飲料，談論著哪條路上新開的餐廳有什麼特別的餐點，放學要不要一起去嚐嚐，都不曾將我納入名單內。每一節需要跑教室的課，都是我最痛苦的時候，大家成群結隊、彼此勾肩搭背，誰比誰慢都沒有關係——永遠有人等。一起早到也好、遲到也好，我需要的是一起。但沒有人和我一起，除了考試。對，唯有考試的那五十分鐘，我可以平靜些，感受我與他們並無不同：寫一樣的試題、拿一樣的扣分標準。所以我喜歡考試，也喜歡他們來請教我課業上的問題，我知道那種時候，我們之間的溝通沒有障礙，我的言語和思想得被瞭解，而且他們必須認同或照做。我喜歡有人和我互動，誰都好。就算我知道三年來，他們持續於私下討論我的面貌，我也無關緊要。因為那是我僅存的，出現在他們「名單」上的時刻。我已經僥倖在這裡，是不是該心存感激？

今天我瞞著家人，偷偷買了拋棄式隱形眼鏡。笨手笨腳的我，花了一個上午的下課時間，才把兩眼都戴上。魔法生效，我有一種重新活過來的錯覺，當鼻樑上不再有多餘的重量，我又能仰賴自己的身體以清楚看見世界時，好似回到小時候。

我不知道自己這麼做，究竟可以改變什麼，我壓根不奢望改變。但純粹想擺脫笨重鏡架的行為，竟惹來一陣譏笑。他們對我說，像我這樣的人，竟然也懂得愛美？我愛美嗎。我早就放棄去弄清，什麼是美了。那是太遙遠的概念，比數學難解。但我應該習慣的？他們的眼神和表情，還有令我生懼的語調，我再熟悉不過——怎麼就是習慣不了?好挫敗,更挫敗的是,我連習慣挫敗都做不到。好挫敗。

/九十七年一月十二號　星期六

之前因為考大學的關係,壓力大到胖了五公斤,自此數字攀升而上,像失控的拋物線,找不到自己的停損點。我的身形本來就不瘦,這麼加劇一番後,真成功變成了不折不扣的胖子,照鏡子都是折磨。也因此,在搬離家鄉之際,我幾乎回收了所有舊衣裳,拖拉著一枚空行李坐上火車,孤獨且俐落。當年,關於那座充滿畏懼的城市,我是什麼也不想帶走。甚至如果可以,我連自己都想拋棄。

大學來到第二個冬天,眼看二十歲生日在即,我覺得自己沒有什麼願望再求。現在已經過得比從前快樂了,多虧大學的生態相對剝離了較多的向心感,使我的異樣不再那麼突兀。每個人可以選不同的課,一個班級必須聚在一起的時間也只有必修;我一個人走在路上,一個人餵食路邊的貓,不會有人特別看我。

我好像不奇怪了。

不奇怪，是不是就不醜了？

過去的我是一粒灰塵，現在的我則是空氣。從灰塵變成空氣的感覺，真好。

／一〇一年一月十六號　星期日

今天想寫下些什麼，僅純粹紀念這個月分。

去年此時，我正抱持著無限熱誠，衝刺夢想中的研究所，後來筆試也拿到了近乎滿分的成績，喜出望外。「這社會還是存在著努力就有回報的事啊！」記得放榜那一刻，我得到莫大的安慰，激動地想哭。那麼多年了，考試果然是唯一不會負我的東西，我滿懷希望，更努力撰寫二階的面試資料，人生彷彿第一次如此有自信——我在遠遠的山頭，看見未來的自己揮汗插上旗桿。

都是假的。

當時三位面試教授，只問了我兩個問題：

「同學，穿這樣不熱嗎？」

「為什麼想來考我們這個所？你看起來不像是會喜歡我們這個領域的人耶！」

第一個問題雖令人滿頭霧水，但緊接下來的第二題，我可答得起勁。我語調興奮、面帶陽光、眼神堅定，散發前所未有的激昂，由來是除了我的父母之外，第一次有人，給我機會傾訴我所喜愛的事。即使短短三分鐘內，他們鮮少正眼瞧我。

然後我落榜了。

終於，也被信賴的考試制度背棄。

我應該再嘗試嗎？但我真的摔痛了。這灘淤泥的沼氣，霎從十年前一路竄回現在、此刻、這個被迫打開感官的我身上。原來我一直沒能逃離。原來不是我想逃離，就能逃離。好累，真的好累。人生只有倦怠和無止盡的失敗，最真實。

／二〇一三年一月二十二號　星期三

踏入社會後，慢慢沒有時間寫東西。或者其實也沒什麼好寫了。

今天滿二十六歲，這二十六年真的好漫長啊。上週是生平第九次被資遣，就當作生日禮物吧。不知道為什麼總是得不到主管的喜愛？或任何人的喜愛？我只清楚，把每一件事情做好、做對——但仍是錯了。

上輩子到底害了誰，這生才要還那麼多的債。

不想再還了，可以嗎？

／二〇一三年一月三十一號　星期五

剛剛母親來電，裡頭重複唸著老人經：「人要苦中作樂。」

可是我為什麼非得待在苦中呢？

比起苦，我寧可一無所有啊。但又真的有人可以一無所有嗎。剎那間，我徹底想通了。有些東西一出生就跟靈魂綁在一起，那是我們注定要持有的罪孽。好或爛，若是爛著了，便是爛著了。你沒有辦法成功地一片空白——除非前往一個地方。

而我要去。我正要去了。

一下下就好，很簡單的。

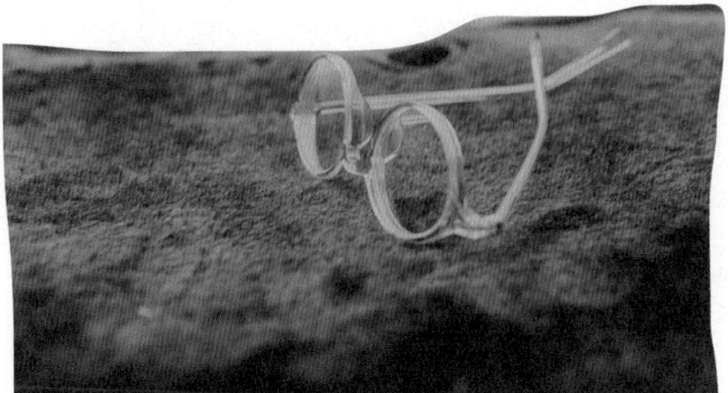

夢是一張紙屑

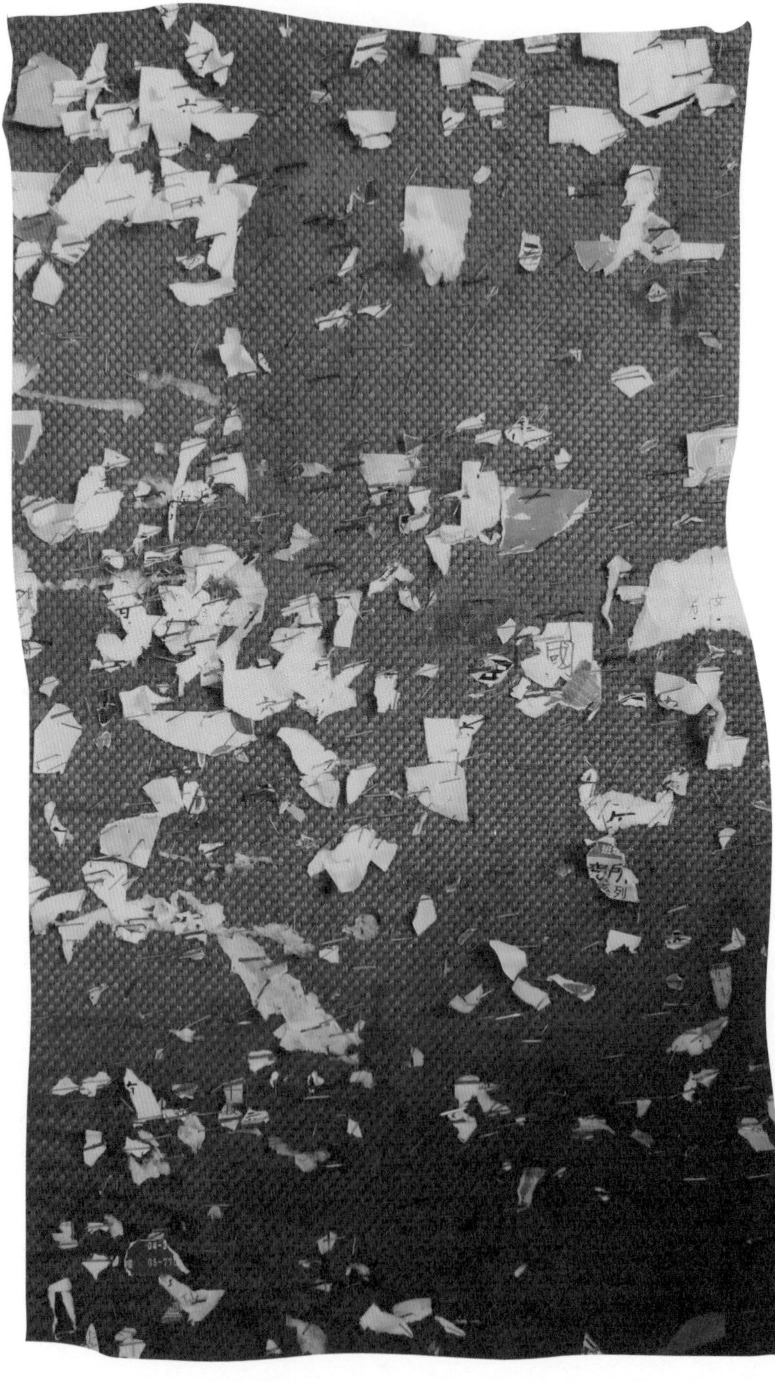

懂事之後，慢慢會發現，你的夢是一張張的紙屑。它從一開始便被撕碎成很多塊，不完整地散落在你成長的每一個階段，要你探路、找尋、迷失、打轉，每認出一片，就得小心翼翼將它撿起，收進最私密最私密的抽屜裡，保護。

直到花苞綻放、樹葉枯黃，小孩都長成了大人，你的夢終於也拼黏成一張有意義的圖樣。你認得它、認定它，知道那就是你一直在腦海裡等待出現的畫面。可是經年累月，再怎麼細心拼黏、謹慎牢固，也是軟軟爛爛地皺在那裡，不敵摧朽。所以你禁不住會臆想，百張、千張，那原本的夢的樣子——斑駁的紙屑——之所以為紙屑的原因，會不會就是宿命？那麼努力地撿起與湊合，其實根本患了荒唐的病夢；還不如當年碎落各地、不予理睬，也許就能留給更需要的人，或是，應得的人。

你於焉懂了自己犯了什麼錯。

「當你的夢是一張紙屑，就該讓它是紙屑。」你善良地把這句話，傳給下一代。

失去
失去
失去——寫給W

那是好久以前的事了，已經不再是戀人的我們，一起躺臥在租屋處的床上，聊未來。記得妳一直很驚訝、納悶、不解，關於我為何估算出自己需要那麼長的時間，才能走出妳造的洞窟。妳說，妳已經等上好一陣子，到底還要多久呀？多久之後，我們才能像朋友一樣，不帶額外感情地關心彼此，共吃一頓晚餐、看一場電影，讓擁抱變得純粹？此話傳入耳裡，正當我想轉頭回應時——看見妳的表情如此真誠好奇、毫無惡意，忽不曉得該哭或者該笑。可愛的、摯愛的、傷害我的戀人啊，怎麼解釋才好呢。雖然好多事情約好要一輩子一起，雖然出口在那裡，明明只要一腳跨出去就可以得到新生，但我一點力氣都沒有。

我不如妳，是個甘心捨得的人啊。

四年之中，相離的次數根本數算不來，每一次妳拋出的刀子，都徹底切割了我對情

感的信任，哪怕繩索乍斷一秒又立即接合，它也不會忘記曾經撕傷。因此，儘管人們常說分分合合乃司空見慣，我可是身淌血泊也麻木不了。因為每一回刀落，我失去的不僅僅為那天的晨曦、那個月的睡眠、那整年的神采，我失去的不只是妳，還有一大部分的我自己。而這樣的失去，絕非一次就能完結。要知道，面對重要的人，失去的額度是無限哪。妳在一個眼神、一個動作、一個不經意的恍惚間，透露早已抽離我們的次元時，都一而再、再而三地提醒我：是的，我失去了。

所以妳瞭解嗎？我無助絕望的原因，從來並非我軟弱，而是傷口層層疊加，一層就得是一場失敗的交易。我毫無勝算。我的視線、我的秘密，「我失去妳」究竟還能失去多少遍，妳永遠不會曉得。

自由和子彈——致勇敢的脫北者

一、

「我的國家，說話時音量要大聲，但說話不能大聲。」

「秘密是留給竊賊用的，你有秘密，那麼你便有贓物。人民要強大，彼此就不能偷東西：你不能把思想或情緒偷起來放，放久了還想交換、流通；過程中，無論你是禍首還是幫兇，都犯了無法開誠佈公的錯，未來要怎麼使國家安心，成為國家的主人翁？」

二、

「媽媽，為什麼我們要聚在這裡？那個檯子上的麻繩是要做什麼？」

「來，媽媽抱。閉上眼睛，不要看。」

「媽媽，是不是有人死掉了？」

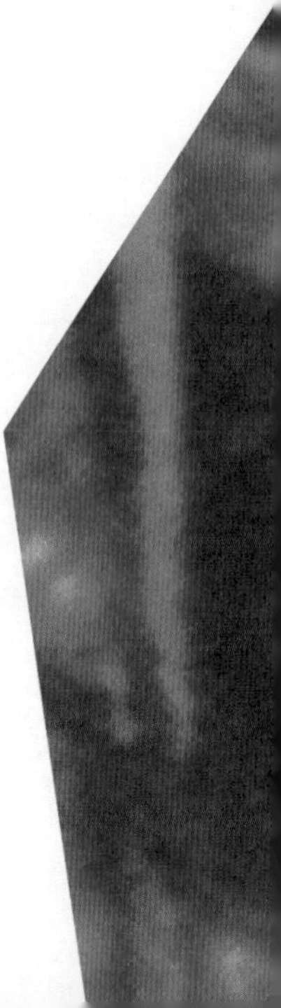

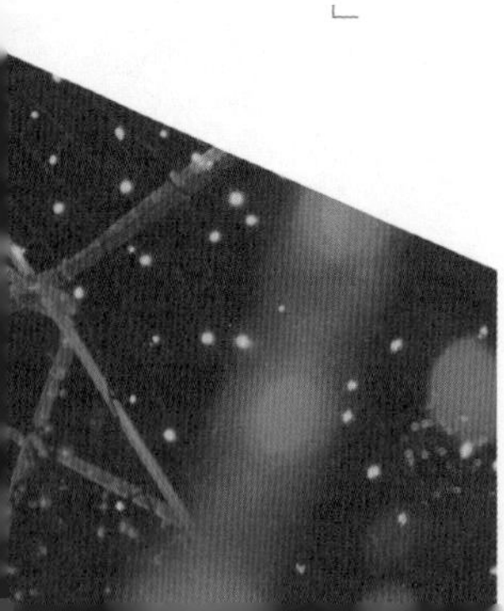

「沒有，沒有死掉。他是到新的地方生活了，會比我們快樂的。」

三、

「孩子，起床了。這些東西拿著，跟著我走。」

「那麼晚了，我們要去哪裡？」

「世界。」

四、

「喂，沒注意還沒發現，這批帶的，有個女孩子姿色挺不錯。」

「要不把她上了？」

「你先，待會換我。」

五、

「不要傷害我女兒！她還小！你們想要什麼，我都給！」

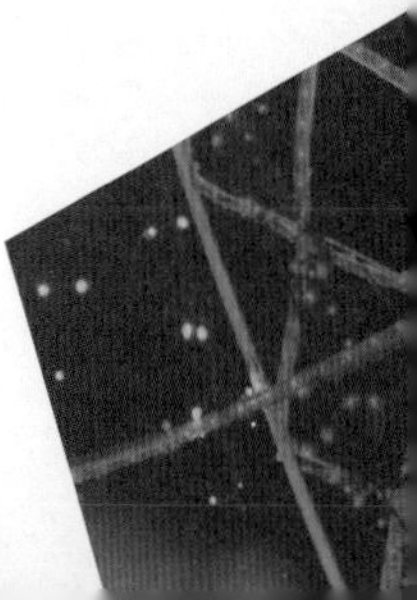

「我不知道為什麼，那兩個男人要把媽媽的褲子脫了。我們什麼都沒有做，但我知道他們傷害了她，平白無故地。我毫無用處，只能在旁邊，聽媽媽拼命隱忍又禁不住抖出的哭聲，我真的很沒用。好想趕快長大，好想是一個大人，如果我是大人，也許媽媽就不會被他們傷害了？他們可以從我這裡得到想要的東西，不用經過媽媽，我偉大的媽媽」

「我的呢喃實現了。」

六、

「從小，我以為販賣是商家與客人之間的事，能販賣的都是商品，商品沒有生命。但怎麼今天，我也沒有了生命？我還在呼吸啊！我還會動、還在說話啊！」

「神聖的婚姻竟落得這般境地——數不清的瘀青腫脹、低微的尊嚴、糞物一樣的奴役。」

「這個社會總與我為敵，我的誕生就是為了承受痛苦，然後學習堅強。所以如果，如果還會掉淚，那麼一定是不夠吧。」

七、

「不會飛翔的鳥，被綁在高處的牢籠，待在籠裡或往外振翅，都會死。但我仍想拍動自己的羽翼，要死也要死在外面的蔚藍。」

「或許逃亡就是我這輩子最好的朋友。」

八、

「到底走了多久？腳底流血，身上好多處傷。眼皮垂墜難耐，想不起上次做夢是什麼時候——但此刻映入眼簾的沙漠，卻讓我著實振奮起來——我第一次遇見它，荒涼，無邊無際，浩瀚與孤獨的總體。風吹來，沙子飄進眼睛、視線模糊，月色也因此變得溫柔朦朧。傷口不怎麼痛了，我不斷重複唸著：沙漠，沙漠。也許我就要觸碰世界。」

九、

「歡迎回家。」

「不，這其實不是我的家，我的家鄉只有子彈，沒有自由。然而今天，我之所以選

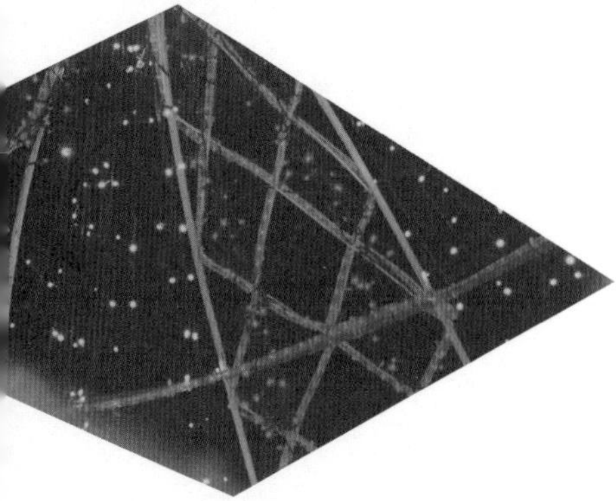

擇自由，都是為了增量子彈，以對抗剝奪自由的孤國——我的家國。」

「太神奇了，太可悲了。緯線的這一端，冰雪同樣降下，卻不再是纏身烈火；所有的雲朵都已飄散，我看見彩虹，並且知道它的名字就叫彩虹。踏上新土後，感激已不足形容我想表達的一切，只願你我切記，讓陳年傷口上所積的鹽巴融進血水，成為最鹹的眼淚，以示人類自由的代價——是在每個黎明之前，放棄所有曙光來臨的可能。」

生吞

在我們的社會認知裡，善有一塊領域，溫順與諒解於內並駕齊驅，讓那些無心的過錯及罪惡，得以重新來過。然而判斷「無心」或「有心」的依據一直模糊不清、隨人而異，又或者光陰擺弄，使得「現下有心、事後無心；現下無心，養成有心」的狀況頻頻出現，什麼皆難以預料。難以預料的事可麻煩了，尚未到來的未來，人擅長錯誤地給予期待——於是，溫順開始積累奴性，諒解則趨向吞忍和壓抑，什麼都變了質。

有人發現嗎？沒有。為了持續暖熱人性之美，我們選擇一片盲。苦難降臨的時候，彼此只搶著裸身以對，不斷強調自己身上的傷，比對方偉大。

偉大的人有權力使盡各種身教、言教，叫對方跟上腳步，因為這才是溫順、這才是諒解。

「等你長大，你就會懂了」。

我何其不想懂。

因為你們根本不在乎，有多少人正被那些如花柔軟、不足掛齒的痛苦噎著。而且一噎，就消音噤聲，一輩子再說不出話。只能被動聽你們高姿態地嚷嚷：「這是花啊！你就吞下去吧。多吞幾瓣，不會死的。」怎麼後來死了，你們都不負責了。

夏夕夏景

夏天是小雪最喜歡的季節，它擁有漫長的晴朗和溫熱；它製造的快樂，彷彿沒有竭盡的一日。

住在島的南方，小雪跟著海長大。每當她嗅到些微鬱悶，就會走近海的舌尖，感受伸縮之間浪動的潮水，將她洗滌。她覺得生命並非死去後才能重來，每次思考所得到的頓悟，一隻貓、一滴露、一窪低谷，都可以徹底更換她的靈魂。約莫五年的時間，她仰賴自然，習得藏在天地四角的深遠道理：她從這個田野跑到那個田野，深刻擁抱春花夏梅、秋颱冬雨，然後從短髮活到長髮，越來越知道自己從何而來。而我總是從滿斥鄉村氣息的小雪身上，看到不可思議的力量和愛。她的雙眼閃著好奇的光，她持握善良而不自卑——「不客氣，互相互相，人就是要互相。我們可以相遇，就是幸運。」這是她轉學來北部小學的第一天，蹲在地上、幫我重新綁起掉了的鞋帶時，對我說的第一句話。當年她才十一歲。

我跟小雪很快就變成好朋友。我會跟她介紹好吃的、好玩的，陪她坐公車。不知道為什麼，小雪很堅持在公車上要站著，一個矮小的、黝黑的身軀，隨著路形高低而東搖西晃，在擁擠的人群中，像一隻強毅的小蟲子。比起公車，小雪更喜歡走路，她常強調自己多麼喜歡夏天，和那萬里無雲的好天氣——「徒步走在路上，才更能看見這些美好啊！」後來的我也受到小雪影響，放學後改用走路的方式前往捷運站，還因此曬黑了一階膚色，被爸媽唸了幾次。但爸媽其實很喜歡小雪，有次我帶她回我們家吃晚餐，她從玄關一路驚歎到客廳、廚房、臥室，彷彿一生沒見過這種房子似的，逗得爸媽呵呵笑；當然，食量極好的小雪，每一回都把飯吃得乾乾淨淨，一粒米都沒有剩，爸媽也就更覺得這樣的孩子難得，要我多跟她學著點。

當時我不很明白，究竟要跟小雪學什麼？只確定她獨特而紮實的光芒十分令我喜歡，讓我也一概地相信，小雪自然會受到大家歡迎。

結果不然。

那是學期中的事了，距離小雪轉來班上，已經過了兩個月的時間。早上十點，班導準備上國文課，要大家交出前幾天派的回家功課。眼看每個人都已經乖乖地把作業簿往前傳，坐在最後一排角落處的小雪，卻急忙地翻找書包、抽屜，不見簿子。

「喂！後面的！」小雪那一排的同學，等不到後方傳來東西，便開始叫嚷起來。

「對、對不起，我突然找不到作業……。」小雪支支吾吾地說完後，示意她前方的人，不用收她的，先統一傳到前面去就好。

老師當然處罰了小雪，當著班上同學面前。長長的鐵尺重重落在她的手心，我看得心裡有股委屈，說不上來。我並不相信小雪會弄丟簿子，更不相信她會不寫作業，甚至說謊。下課後，我趕緊走去小雪座位旁，問她還好嗎？她苦笑回說：「沒事啦！應該是忘在家了。」然後不停搓揉雙手。一開始我並沒有想太多，只是繼續安慰她、聊些其他的事，直到眼角瞥見桌緣——那上頭，有雜亂無章的奇異筆塗鴉——才驚覺事態不對勁。

當天放學前，我在同層樓的女廁間，發現小雪的作業簿。書皮上三行工整字跡：她的班級、座號、姓名，我認得出。只是它皺了，皺得和垃圾沒有兩樣，夾雜在衛生紙團中，沾染臭氣。擰著鼻子，我試圖伸手去拿，用手指搆、用指尖摳著書角，將它翻出，並偷偷瞞著小雪帶回家。記得那個晚上好難睡著，記得我一個人坐在書桌前，不斷擦拭已經略破的書皮，擦了好久，仍覺得不夠乾淨。也對，要怎麼樣才會乾淨呢？要怎麼做，才能夠讓我的好朋友，在對世界懷抱期待的狀況下，接受某些已經發生的惡意？要怎麼解釋，才可以不擊碎她的信心，保護她看待這座新城市的視角，永遠如此純淨？

睡前，我寫了一張紙條，夾在連絡簿裡。我想告訴班導，小雪的事。

隔天，我把作業簿拿給小雪，還包了一層書套。我說：「對不起啦！原來妳的作業簿放在我家！可能是我們前幾天在學校一起寫作業的時候，我帶錯了！書套就當作補償！」我雙手合攏，求小雪原諒。而小雪，則一如既往地寬諒所有的過錯，笑得開懷：「啊！真是太好笑啦！哈哈哈！沒關係，謝謝妳還送我書套，我賺到啦！」

我覺得好難過。

更難過的是，發回來的連絡簿裡，紙條不見了。只留下班導黏貼的一張便條，上面用紅筆寫著：「別想太多，成長過程中本來就不會只有快樂，要自然去克服。」我看完，把它撕下，摺起來放進書包的最深處，一邊想著：如果所有成長的人都會歷經這樣的事件，那麼我也會嗎？班導也曾經被如此對待過嗎？每一個大人，對於這類「災難」，都可以淡然處之的原因，難道是因為他們都曾這麼走過來嗎？

我希望是。我希望不是。我不知道。

我真的不知道。

我只知道，小雪變得越來越少說話，安靜的程度，強烈到讓我有些不習慣。我曾試圖思考，如何努力做一個「稱職的好朋友」，讓小雪重振精神：但在一次一次的事件之後，遂明白有很多難解的局，並非我一個小孩介入得了。我很後悔、無奈、沮喪，我的每一天都在練習，認識那個我一點也不想透徹的，大人的世界。而現在回首，許多氣憤的細節其實已想不起來，可能受潛意識自動刪除了？可能，我真的不願承認兒時的自己無能。

小雪留給我的，是無處宣洩的滿腔情緒，伴隨我長大成人。至今我處理這段過往時，仍找不到方法稀釋豁然，我會流淚，會感覺到靈魂的一部分，不斷分裂成大小不一的碎片，寄以小雪的心臟，莫可奈何地脹痛著——因此，每次談起小雪，我都需要費盡力氣回憶、掏空傷口，才得重述。唯有一則不用多想就能清晰記得的，是在後來的後來，她一個人於某次午休時間，跑出去走廊上，然後被巡邏的糾察隊同學欺負的事件。

「鄉下來的！不睡覺出來玩！欠打啊！」當時，小雪被其中一個較為高大的六年級踹了幾腳，縮在花台邊的角落。她的身後和牆之間似乎保有一些空隙，像是有個東西藏在那裡。本來坐在教室裡的我，見狀馬上奔出去，但糾察隊掉頭就走了——撇過眼，原來班導恰巧正在走廊的另一頭，目睹這整個過程，準備走回班上。然而當她步步靠往我們的時候，什麼關心都沒有。

小雪蹲在地上，心有餘悸地問老師：「我剛剛看見有隻小鳥飛得不太穩，牠掉了下來，好險牠是掉在這裡，否則就……牠好可憐喔，怎麼辦……」

老師語帶斥責回道：「妳不知道午休不能離開教室嗎？我剛剛看到糾察隊經過我們班了，妳曉不曉得，妳一個人的行為，已經影響到全班的秩序表現？這樣子，對得起其他乖乖睡覺的同學嗎？」

那學期的秩序比賽，以往表現良好的我們班，退步了幾個名次。接近期末的某次早修，班導提到此事，要求大家相互提醒：「遵守規定、謹記教訓、再接再厲」。

隨後，她以眼神要求小雪上台，彷彿已經事先安排好了一樣。

「因為我在午休時沒好好待在教室，影響到班級榮譽，我替我自己的行為感到抱歉。對不起。」

對不起。那是我所聽見的，小雪的最後一句話。

新一季的夏天，也來了。

我親愛的菸

還抽菸嗎？菸抽到一半，掉到地上，妳有火，卻自然地只點燃新的一支。舊的那支剩口氣在那，孱弱地等待終結，是垃圾也不算是毫無用處的垃圾。妳猶豫了一下，望一望，為了避免災難，便順勢將它踩熄。

很正常的。

所以，沒有關係了。

當初心裡還想愛、靈魂卻已經無法再愛的苦痛，全寫在妳現在幸福的臉上了。

初戀到老

夫妻長年臥病在床，相依相靠。老翁的腦海中，一直有座不肯休息的摩天輪，天天繞轉。一個圈、兩個圈、三個圈，一轉就是五十年。對面羞澀的夕陽、隔壁小小的手掌，一件天藍色襯衫、一對憂鬱濃密的眉宇，再配一顆尚未成熟的喉結——全部記憶猶新。老翁難耐，想換張床睡、換個夢好眠，竟也實現了願望。那身不再硬朗的軀殼，終躺進一只舒適的木棺裡，得見孟婆。

喝下湯前，他感嘆老去，比一瞬的死亡更加殘忍。

那麼矜持地活著，卻也沒得到一場善終。

一生不曾與愛人共枕，怎成善終。

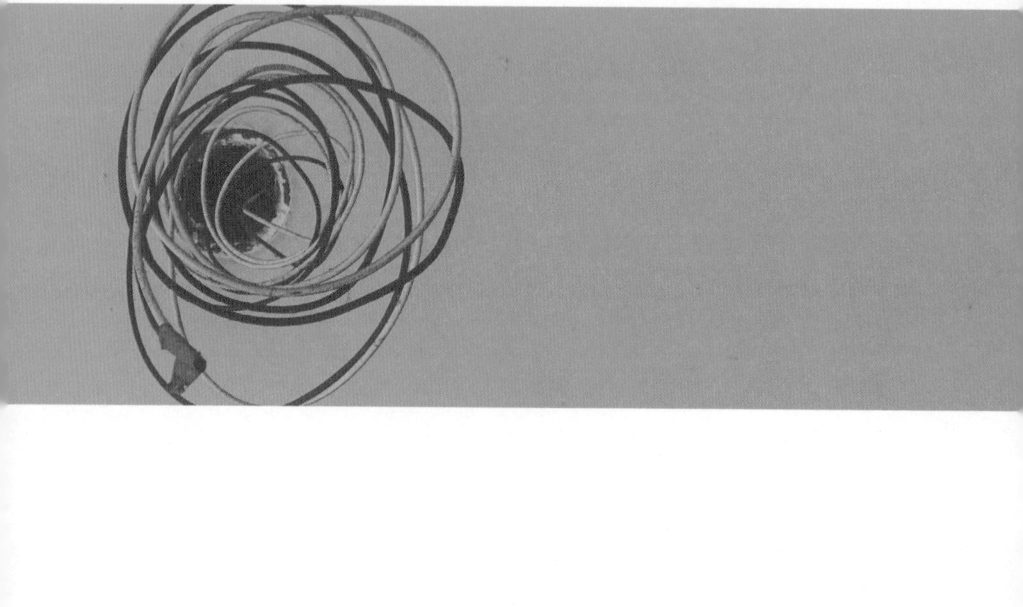

孤獨死——記日本特殊清掃工作

走進恬靜小巷，這裡杳無人煙。又一樁待清掃的案件。

一台高度不到腰際的冰箱，門開啟三分之一，後面的電源拔了，裡面剩下幾個未開封的罐頭。冰箱的左邊有戶小窗，鐵血色窗框不規則鏽蝕，像春天裡扮老的瓢蟲，畸形而美。然室內空氣悶熱——或者誠實地說，是惡臭、腐爛的味道，不斷擴張著。別人口中所稱羨的美好的夏，在此刻此處，儼然煮壞的鍋，底下火焰不知情放燒，湯底表層持續冒出作嘔的氣泡，液體發稠、氣息結塊，但無人坐上餐椅。

午後的暖陽灑了進來，流過窗規劃的軌道，安穩地落在狹長的竹蓆上，侷限成一個幾何圖樣，照亮一軀腐爛的屍身，有肉、有血，也有水。蠅與蛆好心在旁陪伴，甚至找來更多更多的同族，彼此低聲交會、舞蹈、盤旋，透露靈魂離開的時間，約莫兩週左右。你還好嗎？你好不好。今天終於有個人類，和曾經活過的你一樣，有生命、能說話的人類，來問好了。你好嗎？

你好嗎？是不是覺得這樣也是一種幸運，因為比起驟發的意外，你徹頭徹尾決定了自己死去的過程。極致的孤獨中，你擁有比極致更曲高和寡的表演。不需要觀眾，不需要多餘的器材，只需要等待。和無感。每個夜晚你闔起雙眼，都準備好與世界告別；如果再醒來，就當剛好而已。是啊，出生入死皆無法記得，對你而言，春去秋來、月圓月缺、滄海桑田，還有什麼好看？反正路邊雜草叢生，也從來沒人注意，我們真正關心的事情，都不足成為你心上的一塊霉。你就是霉的本身。

你不曾思考過「孤獨」是什麼。來不及認清自己的孤獨，就是世上最真實的孤獨。

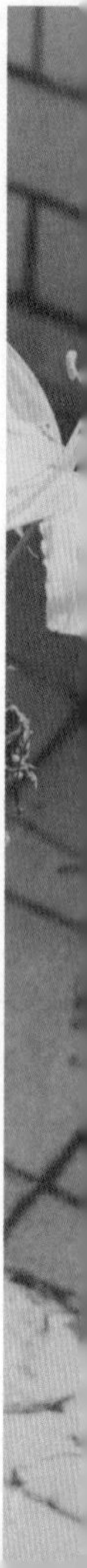

提醒

母親去世之後，我一個人搬離了家。

那年我甫升高二，哥哥則上台北讀大學，家裡獨剩父親居住。抱著逃離些什麼的心態，以專注考試為由，我得到父親允許，從小港區搬到前金區的學校附近，開始第一次的外宿生活。這段距離，坐公車約莫是半小時的時間，加上等車，則得耗滿一個鐘頭——實質而言，遠嗎？絕對不遠；但若要說近，也不算是近。可我慢慢地，慢慢地於那時起，養成了不愛回家的習慣。

一耗就是七年。

這七年間，年年只有寒、暑假會回去待上兩週，農曆過年則是一週，總計不到一個月。因而「家」的空間，對我來說就像某座閒置的成莊，不停老去卻無從發現，只能在每一回短暫解除封印的瞬間，帶給我哀艷的驚奇——例如家裡的客廳多了一缸孔雀魚，我才體會到父親可能寂寞；例如二樓原本放置母親書桌和衣櫃的地方，棄成尚無用途的一處空間，我才驚覺有什麼是真實地告別了，必須捨掉；例如那多了植栽的曬衣場，雖不再是平凡無奇的採光容器，卻似乎成為父親一個人冥想的場所。父親會在那裡抽菸、伸展，或者像塊沉重的木頭，置放在小小的板凳上若有所惑——而這才令我開始思考——這些年，當父親一個人住在這幢大房子裡時，都在想著什麼？他過的是什麼樣的生活？又或者不算生活？好多已然發生或正在進行的事，來到我面前，都必須化作乍現的塵風，吹得滿身歲月，既舊又新。

或許我根本稱不上是成莊的主人，只是一位偶爾拜訪的「熟客」。對於熟客，最難捱的，莫非看見往昔熟悉的每處角落，都默默披上了淡灰的薄紗，預告一場又一場小而孤獨的葬禮。它們擔的是什麼罪呢？我常在走動之間，聽見那裂出心事的牆、失效的電鈴話筒、無用的插座，澎湃著漫長控訴，直衝頂樓略掀的鐵皮；我常在停駐之際，嗅到家具哭泣、鋼琴責斥、幾幅掛畫腐爛破碎的酸鹹味道。它們在提醒我什麼吧，光陰快得像鬼，什麼都要枯萎。也許我有一條路遲遲排拒踏上，那便是回家。

就這樣，歷經高中畢業、北上讀書、出社會工作，等到我再收拾大量衣物、生活雜品，提著大包小包的行囊回家久住時——真的七年過去了。城市置換所帶來的思鄉情懷確實令我詫異，歸屬並非是那麼輕易就能變更的信仰。儘管習慣了北部步調馳快、天空昏暗的常景，習慣出門帶把傘，也習慣在繁華的街道上與陌生人推擠、擦肩而過，把日子過得像競賽，趕車和奔跑，這一秒就想著下一秒的事……，還是沒法忘記，自己是哪裡來的孩子。這趟回家，才算是真正的回家。我心中自發的慨然、與父親兩人的關係，都起了善好的變化。那過去累積七年的聲聲「提醒」，再三教育我、教育一個失根的人，如何洗滌悲傷。

讓我們眠在自身的床，讓我們清潔自個兒的窗。

今早出門時，望見父親蹲在家門口，攤開汽車內的腳踏墊，以刷具來回搓出漸污的泡沫。陽光照著他的身軀，我一邊發動機車，一邊玩笑地問：「哇！這麼費工，還要洗這個喔！」父親以台語笑答：「為了生活啊。」

為了生活啊。那我們又是為了什麼，必須要
在放縱與妥協的縫隙內，填塞無價年歲，去
將兩者連結？

笑吧 笑完就不哭了

記憶裡，有個不太熟的同窗，總是笑臉迎人，眼裡從來沒有出現過火焰或湖泊。她生長在一個幸福的大家庭，臉書上常常發佈貼文，一張照片擠滿八、九個人，頰貼頰、感情顯得濃而不膩，對著鏡頭投以溫熱柔軟的眼神，雷同程度，就和彼此體內的血液一樣。她的成績不錯、人緣亦佳、感情也順，對於任何側耳聽到的事件，以及平常茶餘飯後的話題，極少給予負面評比，甚至幾乎可以說是毫無起伏。就是笑，笑久了就像一張白紙，上面沒有情緒——乾乾淨淨的表象，雖然能藉著時日消耗，逐漸發覺尋不到路途親近瞭解，卻可以一直讓初次見她的人，感覺到無害。

對，無害，然後就這麼一輩子下去。

人生如蜻蜓點水，累積了一生數以萬計的蜻蜓，沒有一隻見過水底下的幽谷。

不就是另一種逃亡嗎。如是的逃兵，不帶埋怨、不咒罵、不微詞他人地過日，令我生厭。因為我不相信，竟有一套哲理，杜絕人類本能感知到的痛苦，將其中幾個出口封為罪惡。什麼是罪惡呢？什麼又是真誠？畢業後我沒有再跟她聯絡，只求她的靈魂能有一部分領受黑暗，活得實在一些。認清楚荒涼的人世，美好稀微，笑容不會永遠軋過傷憂。有歡、有疤、有恨的人，不求多項平衡，但至少能面對自己的稜角剖面。

所以別讓我聽見：「要笑，因為笑完就不哭了。」

若真是那樣，你們便盡情地去笑吧，笑得開懷、笑得無謂，笑得越來越少人在乎。

笑完，一切都不會變好的。

就這樣
停止

那天收到了你的信，短短幾行，讓我想起一些事。

你不只一次說過你要消失，而這次信裡的口吻，更淡定、更堅決，更無力到真假難辨，讓我知道你在過去失聯的兩週，確實誤解了我的善意。你知道嗎？這世界上沒有任何一個誰，有義務去負責另一個人的喜怒哀樂，甚至生死。父母如此、朋友如此、愛人如此，何況你與我僅僅是兩個從未謀面的陌生人。希望你明白，我們面對所謂的「義務」，其實加載而上的是道德與愛；當不論道德不論愛，我憑什麼要費解心思、輾轉難眠、坐立難安，去擔心你因此放棄了自己？我曾經連我的命都不要了，這樣恣意捨得的我，有多大的能耐去救回一條與我無干的性命？我到底以為我是誰？你又認為你是誰呢？恐怕有想過，但我們都想錯了。

而這也讓我在難過、焦慮、憤慨之餘，意識到自己生命裡遲遲沒所長進的一塊。

七年前某個夜晚，我離開自習的教室，獨自繞著學校操場行走，只為一個我想改變、卻無從改變的朋友。那時的她好像對這世界充滿了恨意，對人與人之間的相待，計較如禁不起任何損虧的攤販，不時心有狐疑、太過敏感，覺得被坑了就得討回來；

好多好多的蒜皮小事、無心之「過」，都成了她內心抹煞不去的怨恨，越積越深。我試圖告訴過她，情誼之建立，本來就沒有絕對平衡的一刻——偶爾幫忙他人、偶爾被扶一把；偶爾當糊塗的一方，偶爾寬心給予——但多次之後，原以為可以就此讓朋友擁抱更多快樂的我，覺察到自己根本毫無影響，說過的話都像是過眼雲煙，類似的事件不斷重演。

我很煎熬。走在操場上的每一個渾沌的步伐，都是迷茫。繞了一兩圈，我默默拿起手機撥給某位信任的大人，傾訴我的困惑和失落，邊講邊激動地流出眼淚。我問，為什麼明曉得不該如此發展下去，卻只能用一句敷衍的道歉，來緩頰事件落幕、情誼持續？為什麼明明清楚更好的辦法，但嘗試了卻沒有作用？為什麼她會不懂我的用心——使我不能帶著身邊的人，一起變得更好？

「妳太理想主義了，別人的人生，我們沒有辦法負責。但我們可以盡力，就像送禮，送出去了，不用期待對方會說一句謝謝，或是對妳微笑。」電話那一頭，傳來安穩鎮定的聲音。

陌生人啊，你可知道，這段話我也是這些年才懂。

也或許還沒有懂。不然此時此刻，我因為你而躁了的情緒、服下的鎮定劑，又是什麼呢？

無論是十七歲的我，還是七年後的我，「無法改變他人」一直比「無法改變自己」更痛苦。但像這樣的自以為是，並不會讓我更好過，只是得以仰賴認知，不斷提醒著自己就是這樣的人。然後要自己甘心一點——甘心蒙受所有自攬而來的失敗感，以及橋樑不會一直都在的風險；透過一次又一次的經驗，再三證明我擔不了責任。我不只沒有能力，更沒有資格。縱然心病的魔我也正遇著，但再怎麼貼近、相似，甚至吃過同樣的藥、用一樣的刀傷害自己，我們還是分開的個體。因而，陌生人啊，你可以忘記我重複說過的「我理解」、「我明白」，忽視我過去這段時間對你的一切安撫、建議、協助，然後繼續責怪著，為何我後來不再日日夜夜守在電腦前，聽你掏心，陪你打轉一個又一個碰壁的死胡同。反正我已經輸了。擂台上你的生命、我的努力，出現了當年相同的場景：停下來，不能再走了。

好好自由一場吧。倘若你寫的信，每一句都完美地實現。

我會給你祝福，我只能給你祝福。讓你去你執意要去的，夢想的地獄，像一台於煙霧之中逐漸溶解的貨車，乘載難以描述的心事，孤獨告別。記得，你是孤獨的，我也是孤獨的，只是選擇了不同的方式解決孤獨。所以儘管我在信裡看見了你伸出的手，把我抓著、給我暗示，想諷刺接下來發生的所有遺憾與罪過，全是因為我狠心甩開，都沒有關係。

你真的可以這麼認為：我甩開了。

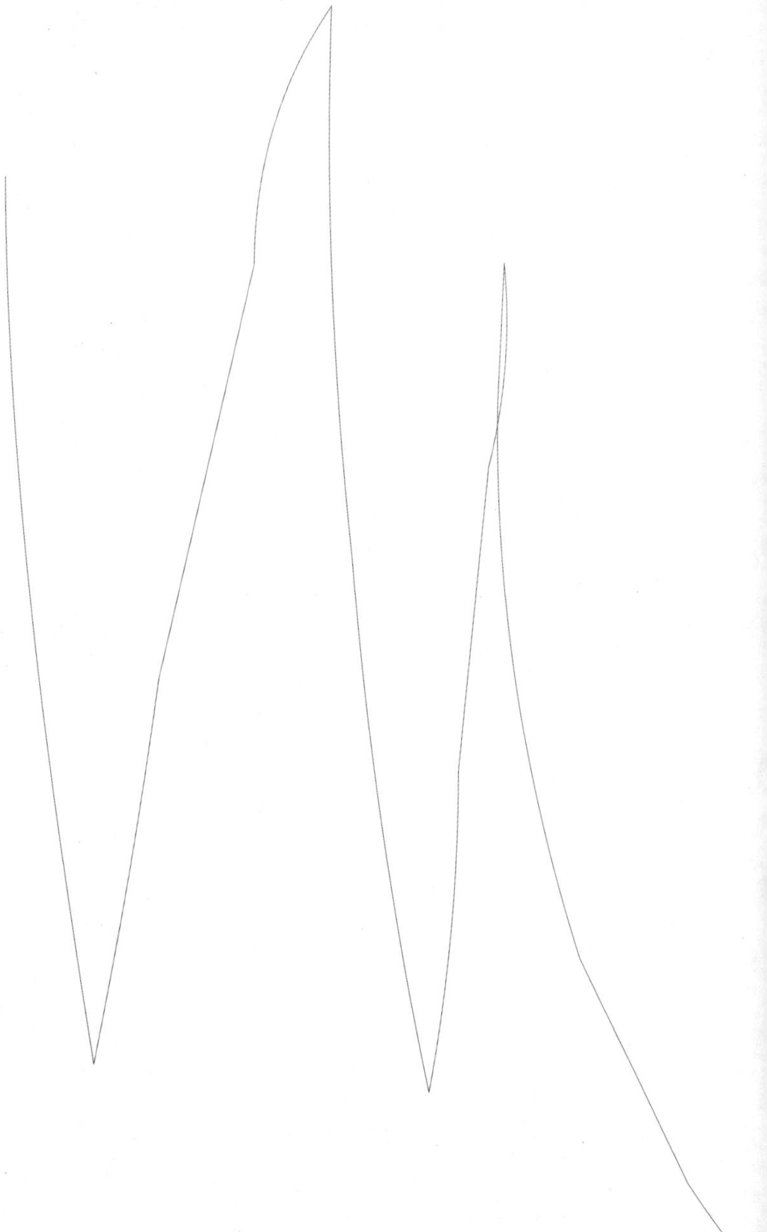

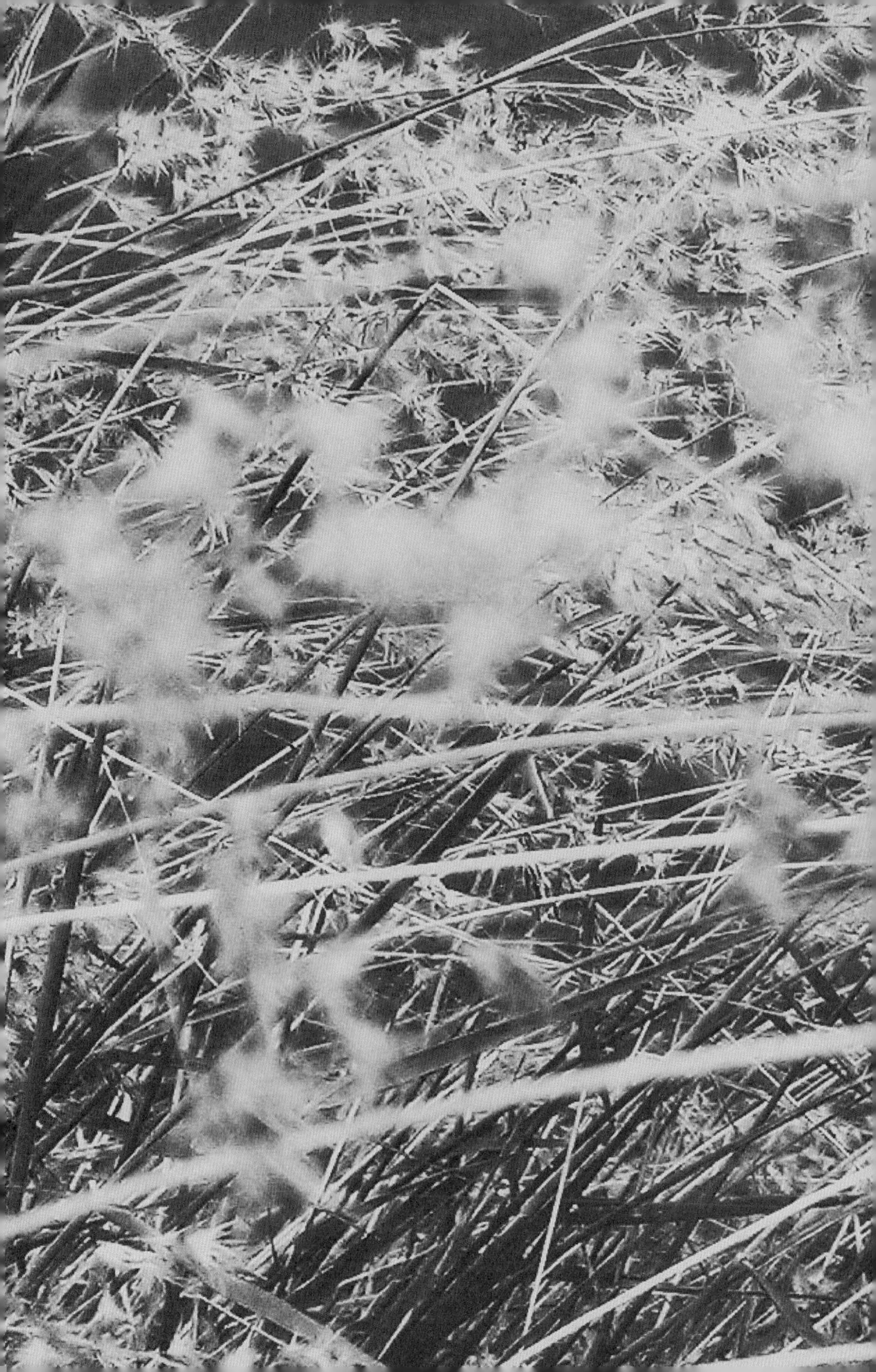

特輯

星星之火——恐慌症自白

現在想起那個夜半，還是會感到害怕。

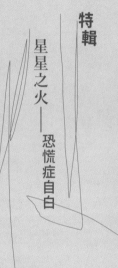

三年前，我住在學校旁的租屋處。早已習慣失眠的我，在那一陣子，卻困擾於尤是糟糕的睡眠品質。連續好幾天，五坪大的小房間裡，凌晨的空氣擁擠至令人發毛。

我只要到了特定的時間點，就會醒來。醒來、睜開眼，在伸手不見五指的漆黑當中，恐懼所有從耳邊飄過的低微聲響。我會想像聲響的主人、主人的模樣，有多可怕多龐大，具備多強烈的要脅，準備將我撂倒。想像可能是樓層下的大鎖被撬開了？想像我的房間裡只有一戶小小的窗，待會該怎麼逃亡。想像外頭類似塑膠袋的摩擦聲，是不是暗示我，有罪犯準備在這附近棄屍放火？塑膠袋裡裝著誰，我會不會成為下個替身？想像我若逃不了，又會怎麼死去。

我怕火、我怕死，我不想死去。

我不知道自己在害怕什麼。

想著想著，我就會一路想到天更，最後敵不過疲累而睡著。之於那時的我，「倦」其實是安全的感知，是唯一能壓過凌晨紊亂思緒的系統——日光也是，每當我在床頭瞥見晨曦透進門縫，就可以確認自己安全。夜復一夜，我是這樣仰賴漫長等待，才得以卸下肩上隱形的重量，換一場遲來的好眠。

怎曉得在如是循環間，會存在「尚來不及感覺到累，就已先靠近死亡」的時刻。那是有記憶以來，我最靠近死亡的一次。或者更正確地說：第一次。

◆凌晨三點半，肚子突然一陣劇痛，但我不以為然——由於過去自己早有或大或小的腸胃問題，痛的當下，遂把這當作是司空見慣的其一經驗，想靜靜等它過去——怎料不妙，十分鐘後仍風狂雨驟，腹部的抽痛越趨失控、複雜、難以形容，令我不禁在床上蜷縮成一個圓。

痛感越劇，我越覺察這次來襲的魔鬼，和以往並不相同。為了轉移注意力，我開始在腦中不停默唸：「放鬆、放鬆，沒事的」，以盡力清空灌滿焦慮的大腦；甚至拿出長輩曾教導過的「意念法」，閉上雙眼，試著讓痛苦化形為薄透的絲緞，抽離軀體。

但是沒用。

腹痛之厲已如急促生長的荊棘，纏死全身。我好似被勒住，四周空氣慢慢變得稀薄，令我懷疑房間內「通風不佳」，便決定靠著微弱的力氣下床，踉蹌走到窗邊、開窗，整個人倚靠在那裡呼吸，像一灘爛泥。我以為找到綠洲了，開窗的剎那，我記得風的涼爽確實吹拂至臉上，訊號鮮明：那是靜謐的三月、幽冷的台北。然而一吸一吐間，這組成風的「空氣」，遲遲無法進入體內——沙漠終究是沙漠，綠洲如幻影——我在呼吸，但我呼吸不成。

慌了。因為打從心底知道，我的方式並沒有出錯：吸，便是吸；吐，便是吐。我的腹部和胸腔，有好好地跟著收縮、升降，怎麼會故障？一定是空間內「氧的濃度」不足吧！心急的我無法想得太多，立即再把玻璃後方的紗窗打開，提升接觸面積，讓自己更貼近外頭的環境。

還是沒用。

短短幾秒鐘，缺氧所引發的暈眩感已然將痛覺吞噬，取而代之的，是瀕死的絕望。

視線模糊成一片乳白光，全身盜汗、手腳發麻及失真，我終敵不過這號奪走身體自主權的不速之客，拖著近乎虛脫的軀殼，半倒半坐地在廁所，閃過人生跑馬燈。「到底患了什麼病，為什麼現在會是這副模樣？」茫然混雜恐懼，以及更多更多未竟的困惑，我想起自己曾假想過人生的結局會發生在戲劇化的秒刻，像那些新聞播報的事件，像那群面帶笑容卻選擇悲愴離世的藝人，像無數個早已被社會遺忘的頭條當事者——然後覺得荒謬可笑。我居然就這麼來到了這一天，實現預知的最後一頁？倘使就這樣昏死過去、不再醒來，我後悔嗎？我甘心嗎？或是我根本決定不了什麼？

好想活下去，好想活下去。

意念生成，愈加孱弱的呼吸卻使我力不從心，每一秒都像一個世紀。按開手機螢幕，四點了，只剩一格電。我扶著牆，顫抖地點選通話簿，不曉得該不該撥出號碼，還是作罷。微薄的電量足以夠我打給哪一個信任的誰嗎？我真的有信任的某個人？若電話突然中斷了，他們在乎我嗎？會想知道我怎麼了嗎？抑或我直接叫救護車比較實際？但要來救我什麼呢？我怎麼了？是不是正在釀造一個笑話？我有權利、有資格，去奢求明天的延續嗎？

我憑什麼？

不憑什麼。瞬秒之間濃縮這所有負面疑慮的同時，我也明白坐以待斃不會擁有更好的結局。如果昏厥，也要有人發現；如果最後我可以許個願，那便是我不想孤獨。

我終是撥出了號碼，某個與我一同租屋在這一帶的朋友。

她接了。

「喂？」

「喂……那個，我……我現在非常虛……弱，我吸不到空氣……我覺得……自己、自己快死了……」

「什麼？」對方可能聽不清楚我極小的說話聲，畢竟我已像半具屍體，害怕使用正常音量會流失掉我僅有的微薄氧氣。但我很努力了。

「我……很不舒服，我不能……呼吸……」

「蛤？那怎麼辦？四點了耶，趕快去睡覺啦！不舒服就趕快休息啊！」她說。

「哦……好……」

我掛了電話。同時也像，切斷與生命最後的連結。

很難想像吧。當下，那竟是我唯一能做的事。

同時也意會了這通電話彰顯的意義——無論接下來我撥給誰，都是傷心。因為自己被世界丟棄了，無法解釋、不能解釋的痛苦，讓我跟「正常的溝通」之間，隔了一道鐵牆。我說不出個什麼，我能表示的，僅此這些了。他們並非無心，只是我成了鬼魂，身上的火焰燒得再狂妄，都沒有人看得見。

直愣愣對視手機，即使還有很多選項，我已經絕望。鄰近的光亮都已委靡，何況是遙遠的星？我這粒塵埃，仍然遭迫要在不甘願的宇宙落定。生命之脆弱，於此時此刻徹底地在我心中劃下刀痕：人的一輩子，其實只要奪走一項條件，就能輕易崩毀；盡頭的模樣，原來僅存急切的渴求，與立即遭拒——沒有餘地。

◆◆

之後我儼如做了一場短促的惡夢。

夢裏沒有驚險，沒有激烈的追逐打鬥，只有我和我自己，沉默的呼救。我是自憐的、害怕的、恐懼的，喪失積極作為的能力，僅得等待。與其說等待，不如說等死。這寂靜的一小時，恐怕很難有人相信，癱臥的我其實已做了最大的拼搏：找尋呼吸縫隙、咳嗽、禱告、催眠、說謊，我與自己對話。六十分鐘，熬得像大半輩子，再回過神來時，清晨五點。

我活了下來。而靈魂仿若更替一般，全新的、清醒的、被掏空過的，方才發生的症狀皆煙消雲散，詭譎程度簡直令人懷疑，自己是否真有兩個靈魂。

但我無法再想更多。關乎「驚恐過後倖存」的情緒，以及歷經一段劫難後的心有餘悸，我尚未有能力釐清「我到底是誰？剛剛發生了什麼？我為什麼那樣？」等種種問題，只迫切地想著，如何避免同樣的劇碼再次上演。為此，我迅速換掉因冷汗而透濕的上衣，加了件外套、叫了計程車，獨自前往醫院急診。

五點半，天未亮，高速公路上仍是一片灰暗，只有車頭照明。我在後座，拉緊外套往胸口處遮，碰觸到的地方，感覺得到心臟跳動，「一、二，一、二……」節奏規律，令人無比欣慰。應該感謝什麼嗎？我好像完全理解了自己的渺小。看向窗外，那一連串接續的朦朧的景色，隱隱約約地展露出力量，傳遞過來。我聽見它們在說：「喂，妳喜歡這個世界吧。」

抵達急診室，由於症狀已退，我只能告訴值班醫師：半夜肚子痛，呼吸困難。想不到醫師竟態度輕蔑、毫不在乎地問：「所以現在肚子還疼嗎？」

「現在好了。」

「好了？那還有哪裡不舒服？」

「沒有，現在沒事。但是我來這裡之前有很多症狀，一開始肚子非常痛，接著就吸不到氣、盜汗、暈眩，覺得自己快死了，很可怕。」

「所以現在沒事？」醫師輕蔑的態度又更顯著了。

「嗯對。」

「現在沒事，那妳要我看什麼？給妳開幾顆腸胃藥回去，會痛再吃，但妳應該用不上。」

我永遠忘不了那一刻，醫師的反應。那種感覺，很像在誣告我欺騙。像是我確實看見了魔鬼、急著向人傾吐，卻得到忽視。我的困擾、我的遭遇，不屬於這個世界；這個世界沒有上帝，更沒有撒旦。一切都是人的幻覺。

但我還是個「人」嗎？

「所以我到底怎麼了」「為什麼會有那些症狀」「雖然我現在沒事，但是還會再遇到嗎」「遇到了，我該怎麼預防」「真的都不用檢查什麼嗎」——不管醫師的對待方式，我想追根究底，找到一點自救的機會，於是連續拋出好幾個問題，鍥而不捨，不願輕易妥協。此時醫師卻笑了，他回道：「不用緊張啦！妳沒事。不信的話，我跟妳保證，待會又會有跟妳相同狀況的人跑來掛急診，來的時候一樣沒事喔，怎麼檢查也都是好的。所以真的不需要，任何儀器顯示的結果都會是正常。這種例子太多了。」

「可是總不可能沒有問題，卻出現剛剛那些狀況吧？是不是可以去看個心臟科？或者看看肺部？就算沒事，檢查一下也心安。」想著才剛結束的胸悶和窒息感，我下意識問起了科別。

「好好好，如果妳硬是要檢查的話，不是去心臟科，而是身心科。」

「身心科？」

「對，就是精神科。」

◆◆◆

精神科。

為什麼？

聽見這三個字，彷彿三月的春雷在我耳邊轟隆響起。雷的屬性，本是不按牌理驟現的，但「春雷」因為時節的關係，多了一份能夠預知的特點。是的，若要準確描述那個獲知消息的當下，我是既震懾——又似乎毫不意外的。我想問為什麼，卻也彷彿知道為什麼。關於精神科，關於我成了一個「需要看精神科的人」，我像生在兔群中的狼，在某個夜晚突然被逐出境外，亦藉此回了正確的家。

我並不隸屬於那個「正常」的範疇。

而事實上，這可能是我多年來所渴望的某種證明，好讓別人正視我藏匿的千瘡百孔。

我想起小時候，我是一個不准自己哭的人。高中以前的日子，我一直很自豪，可以不在任何人面前掉下眼淚。就算這段期間，我確實經歷了親密關係的破裂和疏遠，承受摯親罹患重病、與世別離的煎熬，還適應好多必須一夜長大的處境——我依舊戴著面具。幾年有多長，面具就有多堅硬、多內化。我把一派釋然，當作懂事的小孩所該具備的條件，我以為這樣成長下去，就可以無畏一切，做一片成熟的楓葉，為人欣賞、歌頌、讚譽，讓因著壓抑而漲紅的臉蛋，成為悲傷故事最美的包裝，輕巧落地。

我從不覺得這樣做，是錯的。縱然高中以後的我，慢慢從「堅決不掉淚」走到「哭點極低」，我仍是一顆溫熱且願意貢獻的太陽，持續地、盡可能地，普照大地。我不想，也不會，輕易承認自己是枚月亮，大多時候，僅是關起房間的門，一個人處理鮮少露臉的黑暗。假使真忍不住在公眾場合崩塌了——我習慣收拾得快，不解釋原因、不詳談往事、不在那個當下勾勒觸動我的東西；我只在乎復原了沒，有沒有人發現？或者我會一邊拭淚，一邊糗自己真是個愛哭鬼，其實根本沒事了。

「沒事了。」

沒事了這麼多年，我終於來到這裡，得到一張門票。

時光之河上，那些逃亡途中被我迴避掉的人事物，統統帶著更鮮明銳利的樣貌，回來找我。我看到了它們，量之大、質之重，恍惚自己究竟躲了多久。我有資格軟弱了嗎？我的身上，是不是自此貼了標籤，再不敢有人探測上限，要我承受更多更多我不想承受的肩擔？我又是否可以，在尚還年輕的沙場上，獲握一絲赦免，暫且休憩？

我的眼淚已截然不同了啊。

上網按下「精神科預約掛號」的按鈕，鍵入資料，送出。

回到租屋處，回到那個發作的廁間，我望向鏡面——儼然初次相識。

我在裡頭，看見了怪物。

◆◆◆

「苦難導致更大的苦難」——這是在確診恐慌症後，我更加明白的道理。

恐慌症可以說是焦慮症的其中一環，它的起因至今仍未有確定的研究分析，可能是生理、也可能是心理。發作時，常伴隨身體某部位的劇痛，症狀再接後出現，由微轉重：暈眩、發抖、癱軟、呼吸困難、喉嚨異物感、失真感（覺得自己的身體是假的）、四肢末端發麻、盜汗等等，平均持續二十分鐘，會達到痛苦的最大值，之後褪去。患者感受有如瀕死狀態，故似恐慌。

初診時，醫師告訴我：「普遍認定，恐慌症是長時間處在焦慮狀態的結果，至於恐慌發作的感受，我們可以稱為焦慮狀態的最大值。而『長時間』的定義因人而異，可以追溯到很多年以前，也可以是短短的近幾個月。」

「所以妳最近有什麼心事嗎？或者和人吵架？」葉醫師向我解釋完何謂「恐慌」後，顏容慈祥地問。

「沒有，我幾乎不和人吵架，但會慣性失眠。」

「這樣啊，那表示妳潛意識裡頭太緊繃了。而且妳應該有存在許久的焦慮的事，只是妳自己不覺得，因為內化了。沒關係，這很正常，大家都是這樣。」葉醫師笑笑地，繼續說著：「妳不用擔心這個病會帶來多大的困擾，很多恐慌症的人，還是可以跟正常人一樣過生活，根本看不出差異，只是需要吃藥。當然，除了吃藥之外，還得配合作息和運動。」

「我要吃一輩子的藥嗎？」我問。

「不一定，每個人走到痊癒所花費的時間不同，跟妳自己的先天體質和後天努力有關。但別想那麼多，現在首要的，是要相信自己的身體、給自己信心，就不會當一輩子的藥罐子。」

「好。」我一直很鎮定，鎮定得異常。

「嗯？看起來不錯嘛，那就好。要記得發作的時候，別一直想著自己快死掉了，雖然那感覺很像、很逼真，但要相信，那死不了的。你不會死掉。全世界——沒有人因為恐慌症，而出什麼大事喔。」醫師口吻篤定，像是要給我灌輸自信。

「好的。」

我知道，我明白。正因為死不了，所以我可以持續且鮮明地感受到那樣的痛苦。

走出醫院，我突然覺得整個世界都不一樣了。這不是我的世界，我孤立而無援。

實際上，在拿到人生第一份精神科藥袋，開始服用抗憂鬱藥物的初期，我的情緒更為緊繃。首遇恐慌發作的那個夜晚，著實令我驚魂未定，光是想像一秒，我就害怕一切再重演。因而我排斥黑夜（超過晚上十點就會恐懼），排斥所有與發作時雷同的場景和感覺，例如日常的腹痛也令我困擾。那時，我總是早早就關燈上床，明明睡意未濃，藥效也尚未運作，我就想逼自己睡著。我越睡越多、越睡越多，也根本不想出門。我擔心自己若在外發作了，一瞬間氣力耗盡、狼狽、虛弱的模樣，會嚇到四周的人。

我不想被人看見那個模樣，以及解釋「我隨時可能變成怪物，但不久又會變回人類，如果遇到的話請不用害怕」——這類的話。所以後來縱然適應了藥物帶來的暈眩感，也讓病情從無依無靠轉善為偶爾平穩，讓我能照以往和朋友聚餐，並像個正常人一樣念書考試、畢業工作，我還是可以在夜深人靜時覺察，自己的雙肩從沒鬆懈過。內心永遠膽顫，雖然一再地努力克服，努力進行或深或淺的催眠，藥物對我而言近乎仍是唯一解。

當我禁不住跨次元地去到另一個空間苦痛、瘋癲時，我必須承認自己沒有任何朋友。我無法有任何朋友。這種寂寞，某程度來說，可以是最難捱且無法消除的副作用。是的，苦難伴隨苦難，苦難所引發的最大副作用，依舊是苦難。

然而，正因如是苦難，令我想起深夜的星星之火，我慢慢意識到，這片罕有人過問、卻多人到訪過的境地，其實一直存在著某股力量。我們這一群在苦難中掙扎的人，也許就是指引的火苗。雖然帶著病，且總是猶疑於生死之間而不為人接近，但會有那麼一天吧，這份暸解將傳遞而開。像星星，像火焰。像死亡的光，仍有能力帶給活著的人希望。

讓人相信，活著是貢獻，不活則是奉獻。而貢獻或奉獻，對世界來講都是好的。真的。一直到今天，我還是會這麼想，且一點也不覺傷悲。

「星星可以照亮絕望的深處，儘管星星本身是一團燃得孤獨的火焰。」

否則現在，我又為什麼寫下這些呢？

感謝攝影／

Helel
Wu René
馮湲
邵名浦
宋修亞
郭欣翔
郭育誠
許瀚文
梁維庭
詹庭瑄
廖凱若
魏筠倢

LOVE 016

作　　者｜追奇
主　　編｜李國祥
企　　畫｜葉蘭芳
美術設計｜三頁文

總 編 輯｜李采洪
董 事 長｜趙政岷
出 版 者｜時報文化出版企業股份有限公司
108019 臺北市和平西路三段二四〇號三樓
發行專線：02-25306-6842
讀者服務專線：0800-231-705．02-2304-7103
讀者服務傳真：02-2304-6858
郵撥：19344724 時報文化出版公司
信箱：10899 臺北華江橋郵局第 99 信箱
時報悅讀網── http://www.readingtimes.com.tw
電子郵件信箱── genre@readingtimes.com.tw
法律顧問──理律法律事務所 陳長文律師、李念祖律師
印刷──華展印刷股份有限公司
初版一刷──二〇一六年十一月二十五日
初版六刷──二〇二〇年十月三十日
定價──新臺幣三〇〇元
（缺頁或破損的書，請寄回更換）

時報文化出版公司成立於一九七五年，
並於一九九九年股票上櫃公開發行，於二〇〇八年脫離中時集團非屬旺中，
以「尊重智慧與創意的文化事業」為信念。

這裡沒有光 / 追奇著 . -- 初版 . -- 臺北市 : 時報文化 , 2016.11
　面；　公分 . -- (Love ; 16)
ISBN 978-957-13-6835-1(平裝)

855　　　　105021216